숨

한유주 연작소설집

2020
문학실험실

007   private barking

085   개와 개

111   유령 개

private barking

쓰지 마라. 처음을 어떻게 시작해야 하는지도 잊어버렸다. 처음, 그러니까 시작, 시작하기 전에도 처음이 있다고 말할 수 있을지 모르겠다. 이건 무슨 말일까. 또 이래서는 안 돼. 이러면 안 돼. 또 이렇게 시작하면, 아니, 시작하지 못하겠다고 말하면서 시작하면 안 돼. 쓰지 마라, 누군가가 말했다. 누가, 아마도 내가. 쓰지 마라. 그래서 나는 쓰지 않기로 했다. 오랫동안. 그리고 쓰지 말라는 말을 괄호에 넣어버렸다. (쓰지 마라)

그렇게 오랫동안은 아니었어, 고작 몇 년이었다. 하지만 사람이 죽으려면 몇 초로도 충분할 때가 있다. 나는 몇 년 동안 하루도 빠짐없이 자살을 생각했다. 밤에는 누워서 가슴에 칼을 꽂는 방식에 대해, 가슴에 칼이 꽂히는 각도에 대해 생각했고, 낮에는 길 위에서는 도로에 뛰어드는 방식에 대해, 내 몸이 그릴 포물선의 정확한 형태에 대해 생각했고, 낯선 얼굴들로 가득한 폐쇄된 공간에서는 역시 칼을 생각했다. 하지만 거기까지였어, 나는 매 순간 자살을 생각하지는 않았다. 아마 몇 초에 한 번씩 자살을 생각하기에 나는 너무 정신이 말짱했어, 그러니까 하루에 한두 번씩, 어쩌면 서너 번씩 자살을 생각했다. 하루에 한두 번이나 서너 번은 아무것도 아닌 숫자다. 그래서 다시 글을 쓰기 시작하려고 생각했을 때, 나는 내가 매일같이 드물게 자살을 생각하는 이유에 대해 써야겠다고 생각했다. 처음에는, 그러니까 이번에도 처음이 있었다. 그러니까 기억도 나지 않는 처음에는, 자살하겠다는 의지가 그러지 않겠다는 의지보다 크지 않아서, 아마도 내가 자살할 가능성도 크지 않을 거라고 생각했다. 그러면 그만 생각했어야 했어, 나는 의외로 논리적이고 계산적인 사람이라서, 누구나 의외로 논리적이고 계산적이기는 하지만, 아무튼 자살에 대해 생각만 할 뿐 어차피 자살하지 않을 거라면 그만 생각했어야 했다. 그만 생각했어야 했는데, 그러지를 못했어. 자살 충동은 대부분은 몇 초, 적게는 몇 분, 드물게 몇 시간 지속되었고, 그렇게 얼마간의 시간이 지나가고

나면 나는 다시 잠들거나 길을 걷거나 낯선 얼굴들에게
아무렇지도 않은 표정을 지어 보였다. 그런데 여기서 무
언가가 시작되어야 할 텐데, 어떤 일이 일어나야 할 텐
데. (쓰지 마라) 나는 이렇게 생각했어, 자살하면 쓰지 않
아도 되겠지, 아무것도. 자살하면 읽지 않아도 되겠지,
아무것도. 자살하면 말하지 않아도 되겠지, 아무 말도.
자살하면 보지 않아도 되겠지, 모든 것들을. 더는 아무
것도 보고 싶지 않았다. 하지만 우습게도 이렇게 된 것
이다. 내가 매일같이 자살을 생각하는 이유를 먼저 밝혀
야 하겠다고 생각하는 지금, 그러니까 지금, 쓰고 읽고
말하고 보는 지금, 나는 이 글을 끝내지 않는 한 계속해
서 자살을, 혹은 자살에 대한 생각을 미룰 수 있게 된 것
이다. 그런 것이다. 그래서 나는 써야 한다.

    왜 죽음이 아니라 자살이었을까, 나는 생각했다. 한
동안 죽음에 대해서만 생각하고 있었는데, 나는 죽음이
야말로 애매한 세상에서 유일하게 확실한 것이라고 생
각했고, 당분간 죽고 싶지 않았다. 그래서 크고 작은 일
상의 의무들을 이행하고 유예하고 무시하며 살았다. 그
러다 문득 자살의 가능성이 떠올랐다. 친구의 장례식장
에서였지, 친구는 화장실에서 목을 매 죽었다. 많은 사

람이 죽었지, 추상적인 전장에서 그들은 목이 메었고 목을 맸고 병에 걸렸고 차에 치였고 차에 뛰어들었고 물에 빠졌고 물에 뛰어들었다. 죽음이 반복되고 어떤 죽음은 자살 시도로 이루어졌다. 어차피 죽음이 확실하게 자리를 지키고 있는데, 가까이에서 멀리, 멀리서 가까이, 스스로 먼저 죽음을 실행하는 이유가 궁금했다. 그러고 보니 약을 먹고 자살한 사람들은 없었군, 왜냐하면 그들은 대개 자살에 성공하지 못했다. 그들은 병원 침대에서 힘겹게 눈을 떴고 그러면 보고 싶지 않은 것을 다시 보아야 했다. 그러니까, 나는 자살자들의 선례를 수도 없이 알고 있었어, 아는 사람도 있었고 모르는 사람도 있었다. 아는 사람 중에는 친구도 있었고, 친구가 아닌 사람도 있었다. 친구가 내게 전동 드릴을 빌리러 왔을 때, 나는 그의 마음을, 생각을, 논리를, 감정을, 경로를, 결정을 짐작조차 하지 못했다. 친구는 내게 생일을 축하한다고 말했어, 나는 고맙다고 했고 결국 그는 빌려 갔던 드릴을 직접 돌려줄 수 없었다. 그의 부모가 유품을 정리할 때 나는 그 자리에 있지 않았다. 그의 부모는 아마 짐작조차 하지 못했을 거야, 드릴 상자를 보고도 아무 생각도 하지 않았을 것이다. 친구가 내 생일을 기억하고

있을 줄은 몰랐다. 다정한 성격이었지만 나까지 챙길 줄
은 몰랐다. 나는 다정한 성격이 아니어서 친구의 표정
과 눈빛을 미처 살피지 못했다. 내가 무슨 말을 할 수 있
었을까, 아무리 생각해도 알 수 없었다. 내가 무슨 말을
했더라면 친구는 마음을 돌렸을까, 아무리 생각해도 알
수 없었다. 나는 지난 몇 년 동안 하루도 빠짐없이 자살
을 생각했지만, 당장 실행에 옮겨야겠다는 결심은 아직
하지 않았고, 마치 담배를 끊겠다고 말로만 다짐하는 사
람처럼, 구체적인 날짜를 정하지 않았다. 친구의 장례식
장에서 나는 눈물을 줄줄 흘렸고 친구의 부모 앞에서는
말을 더듬었다. 그리고 친구가 내게 마지막으로 한 말이
생일 축하한다는 것이었다는 말은 하지 못했어, 친구는
내 생일이 지나고 며칠 뒤에 목을 맸다. 아마 그전부터
나는 칼을 생각했을 거야, 총이 있다면 좋았겠지만 그건
구하기 힘든 물건이었다. 그런데 지금, 처음이 시작된
것일까. (쓰지 마라)

　총은 없었지만 방아쇠는 있었어, 그간 내게는 수없이
많은 방아쇠가 있었다. 하지만 당기지는 않았지, 나는
수많은 죽음을 방기하면서 나이를 먹어왔다. 친구들의
죽음 앞에서도 그랬고, 친구들의 죽음 뒤에서도 그랬다.

친구들의 죽음이 아니었어도 마찬가지였어, 나는 눈을 감았고, 귀를 닫았고, 입을 막았다. 그렇게 몇 년을 살았다. 그전은 잘 기억나지 않아, 기억하고 싶지도 않다. 그런데 이제, 처음이 시작된 것일까. 어쨌거나 시작되었을 것이다. 그러니까 시작하기로 한다. 이제야 모르게 된 것들이 있어, 원래는 알았다고 생각했지만 이제는 도무지 알 수 없다. 나는 삶과 죽음과 우정과 사랑 따위의 명사들에 대해 어느 정도는 알고 있다고 생각했다. 하지만 어느 정도만 알고 있는 건 아는 게 아니었어, 실은 전혀 모르고 있는 거였다. 안다고 생각했던 것들이 지워진 머릿속은 더러운 백지처럼 되었고, 그 위에는 무엇을 쓰더라도 더럽게 얼룩질 것이다. 그래도 이제는 써야 한다고 생각한다. (쓰지 마라) 그러나 써야 한다고 생각하자마자 지겨움을 느낀다. 얼룩 위에 또 다른 얼룩을 쓰고 더러움 위에 또 다른 더러움을 쓴다고 해서 무엇이 어떻게 달라질지는 모르겠어, 언제나 문제는 무엇이, 그리고 어떻게였는데 어째서 이제는 달라지는 것이 문제인지 모르겠다. 죽으면 달라질까, 나는 입버릇처럼 말했고 그건 나만의 습관은 아니었다. 하지만 이제는 달라질 때야, 그러니까 써야 한다. (쓰지 마라) 나는 전동 드릴로

못을 박고 목을 매어 자살한 친구와 그의 죽음을 몇 년 동안 생각했다. 날마다 생각한 건 아니었어, 결국 나도 남의 죽음보다는 나의 죽음이 더 중요했다. 하지만 친구의 죽음은 내게 수수께끼로 남았다. 친구가 죽지 않았을 때, 그러니까 생생히, 완벽하게 살아 있을 때, 나는 그에게서 자살을 감지한 적이 없다. 그래서 더욱 알 수가 없었어, 하지만 그의 죽음에 대해서는 아무것도 쓸 수 없었다. 하지만 이제는 써야 해, 쓴다고 해서 아무것도 달라지지 않을지라도 써야 한다. 친구의 죽음에 대해 쓰겠다는 건 아니야, 그간 방기해온 죽음들에 대해서 쓰겠다는 것이지만 아마 쓰다 말 것이다. 그리고 처음을 어떻게 시작해야 하는지도 잊어버렸다는 변명을 할 거야, 그런데 그러니까 그래서 그럼에도 불구하고 그러면 다시 시작할 것이다. 그래도 써야 해, 누군가가 말했다.

어느 화창한 봄날, 거짓말이다. 어느 특징 없는 하루, 거짓말은 아니다. 아니야, 거짓말이지, 특징이 없을 리가 없다. 그러니까 지금부터 생각해보자. 아무튼 어느 날, 나는 집으로 돌아가고 있었다. 서해안고속도로에서 서부간선도로로 진입하는 길목은 금요일 밤마다 지독하게 막혔다. 가을이었을 수도 있다. 어쨌거나 여름이나 겨울은 아니었다. 봄 학기이거나 가을 학기이거나, 둘 중 하나였을 텐데, 학기 초반이었던 건 분명하게 기억하고 있다. 일주일마다 해가 조금씩 짧아졌던 것 같아, 그러면 가을 학기였겠군, 그러면 다시 시작하기로 한다. 어느 화창한 가을날, 들, 이었다. 나는 일주일에 한 번, 금요일마다 안산의 한 대학으로 강의를 하러 갔다. 처음에는 전철과 버스를 타고 다녔고, 자동차를 산 다음부터는 차로 출퇴근을 했어, 출퇴근이라는 단어를 사용하려니 어색하지만 일단 쓰기로 한다. 첫 번째 날, 그날의 날씨는 전혀 기억나지 않는다. 하지만 가공할 수 있다. 그 학교는 8월 마지막 주에 개강을 했어, 그러니까 8월 마지막 주 금요일이었을 것이다. 미처 물러가지 않은 더위가 남아 있었을 것이다. 집에서 학교까지는 35km 정도 떨어져 있었다. 갈 때는 사십오 분, 올 때는 한 시간 사십오 분이 걸렸다. 퇴근 시간에는 차가 지독하게 막혔기 때문이었다. 가을 학기였으므로 강의실에는 봄 학기 때처럼 낯선 얼굴들로만 가득하지는 않았다. 나는 아는 학생들에게 안부를 물었고, 출석을 불렀고, 한 학기 동안 수업할 내용을 간략하게 설명했고, 질의응답을 받았고,

일찍 수업을 끝냈다. 그러니까 학기의 첫 번째 날, 8월의 마지막 주 금요일이었다. 여느 때라면 다섯 시 반쯤 끝날 수업이지만 그날은 네 시 반쯤 끝났다. 그러니까 퇴근길이 덜 막힐 거라는 생각이 들었지, 하지만 서해안 고속도로에서 서부간선도로로 넘어가는 일직-금천 구간은 막히지 않는 시간대가 없는 것처럼 보였다. 그날도 마찬가지였다. 일직 분기점이 가까워 오자 앞선 차들이 속력을 줄이기 시작했다. 아직 해가 길었어, 담배를 피우려고 창문을 내리자 노란색과 주홍색 햇빛과 푸른 기가 남은 하늘과 회색 먼지가 뒤섞여 뭐라 부를 이름이 없는 색을 지닌 탁한 공기가 밀려들어 왔다. 나는 항상 일 차선으로만 달리고 싶었는데 언제라도 추월하고 싶어서였다. 하지만 늘 일 차선으로만 달리면 추월할 수 없었겠지, 그런 생각을 하던 중, 중앙분리대 옆으로 바퀴의 잔해가 보였다. 차가 조금씩 앞으로 나아갈수록, 처음에는 바퀴라고 인지할 수 있었던 특징들이 사라지고, 그저 잔해라고 부를 수 있을, 어쩌면 잔해의 잔해라고 부를 수 있을, 어쩌면 잔해의 잔해의 잔해라고 부를 수 있을 잔해들이 보였다. 그건 마치 잔해의 데크레셴도처럼 보였어, 사고가 있었고, 차에 탔던 사람들은 살거

나 죽었고, 망가지고 부서진 차의 파편들이 다른 차들에
의해 풍화와 침식과 마모를 거쳐 마침내 잔해들이라고
부를 수밖에 없는 무엇으로 남아 있었다. 잔해, 들. 익숙
한 풍경이었다. 봄에도 내내 본 풍경이었다. 잔해 위로
벚꽃 잎이 덮여 있었지, 여름에서 가을로 넘어가는 시기
에는 덮을 것이 없었다. 문득 무덤에 떼를 입히던 걸 보
고 있던 시가을 생각했다. 푸르게 더 푸르게, 그건 어느
회사의 광고 문구였고 나는 푸른 걸 더 푸르게 할 수는
없다고 생각했었지, 언제나, 그 문구를 들을 때마다 말
도 안 되는 말이라고 생각했다. 푸르게 더 푸르게와 말
도 안 되는 말, 그러다 나는 죽은 비둘기를 지나쳤다. 그
건 중앙분리대 옆에 잔해들과 함께 있었어, 처음에는 자
동차 부품의 일종이라고 생각했다. 하지만 날개와 발이
보였다. 그건 비둘기였다. 처음에는 까마귀라고 생각했
어, 검었으니까, 하지만 유심히 보아야 해, 자세히 보아
야 해. 다시 보니 비둘기색이었다. 도로가 꽉 막혀 있었
으므로 나는 오랫동안 죽은 비둘기를 볼 수 있었다. 아
직 형태가 남아 있었어, 거의 고스란히, 거의 고스란히
라고 말해도 좋을지는 모르겠다. 도로 한가운데서 비둘
기가 죽을 수밖에 없었던 이유가 궁금했다. 나는 차에서

내려 죽은 비둘기를 볼 수 없었다. 어쨌거나 고속화도로
한가운데였다. 차들은 굴러간다기보다는 서 있을 때가
많았지만 그래도 도로 한가운데서 차 문을 열고 내릴
수는 없었다. 차에서 내린다고 하더라도 내가 비둘기의
사체를 처리할 수는 없었다. 앞차가 움직이기 시작했다.
천천히, 그러나 빠르게. 나는 비둘기를 곁눈질하며 가속
페달을 밟았다. 천천히, 그러나 빠르게. 그리고 나는 비
둘기를 잊었다. 잊고 있었지, 잊었다고 생각했다, 일주
일 동안. 다음 주가 되었고 해가 짧아졌을 것이다. 여느
때처럼 다섯 시 반쯤 수업이 끝났다. 학생들이 다가와
사소한 질문을 했고 나는 천천히 대답했다. 그리고 차에
탔지, 아직 더위가 남아 있었으므로 운전석에 앉자마자
목덜미에서 땀이 났다. 외부 기온은 31도였고 나는 한
국의 여름을 저주하며 속으로 욕설을 퍼부었다. 기세가
꺾인 더위였으나 여전히 강력했다. 그러니까 다시 시작
해야 해, 더위가 가시지 않은 여름날이었다. 볕이 바늘
처럼 내리꽂히고 있었다. 학교를 벗어난 길목에 경찰 둘
이 서 있었다. 손짓을 하기에 차를 세웠다. 안전띠 착용
여부를 검사하고 있다고 했다. 물론 나는 안전띠를 매고
있었어, 그건 운전을 시작했을 때부터 몸에 밴 습관이었

다. 안전, 운전. 묘한 대립각을 세우는 단어들. 경찰이 목
례를 하자 너무 더워졌어, 그러니까 여름이었던 것이 분
명하다. 여름이든 가을이든 무슨 차이가 있을지 모르겠
어, 아니 차이가 있다. 여름에는 부패하는 속도가 빠르
지, 여름에는 모든 죽은 것들이 빠르게 썩어간다. 특징
들이 생겨나고 있군, 어느 더운 여름날이었다. 9월의 첫
째 주 금요일이었지, 늦더위가 기승을 부리고 있었다.
나는 경찰 둘을 지나 서안산 IC를 향해 차를 몰았다. 라
디오에서 노래가 나오고 있었다. 무슨 노래였지, 기억에
없지만 만들어낼 수 있다. 하지만 경찰이, 서안산 IC가,
라디오가, 곧 만들어질 노래 제목이 꾸며내는 특징들이
무슨 소용이 있을지 모르겠어, 어쨌거나 비둘기가 죽어
있었고 계속해서 썩고 있었다. 서해안고속도로에 진입
하고 얼마 지나지 않아 중앙분리대를 따라 가지런히 널
브러진 자동차 부품들이 보이기 시작했다. 가지런히 널
브러졌다니, 말도 안 되는 말이다. 부품들 중에는 제법
큰 것도 있었지, 그러니까 박살 난 전면 유리창 같은 것,
그 옆에 작은 것도 있었다. 이를테면 등산화 한 짝. 일주
일 동안 또 다른 사고가 있었다는 증거들이었다. 지난주
에는 보지 못했던 것들이었고, 나는 잠시 비둘기 사체

를 잊고 있었다. 하지만 금방 다시 생각나겠지, 서부간선도로가 가까워지자 차량이 많아지고 있었고 차가 막히기 시작했다. 전광판. 일직-금천 4km 정체. 무슨 노래였지, 전혀 기억나지 않는다. 노래 하나가 끝났고 다른 노래가 나왔고 광고 하나가 나왔고 다른 광고가 이어졌다. 라디오에서 매시 57분에 방송하는 교통 정보에서 서부간선도로 정체를 알리고 있었다. 그리고 죽은 비둘기가 눈에 들어왔다. 지난주에 본 비둘기였다. 한 번죽었으므로 여전히 죽어 있었다. 부패하고 있었다. 부패의 속도가 눈에 보일 리 없었지만 확실히 부패하고 있었다. 노래, 지겨운 사분의사박자 노래들. 나는 비둘기사체를 천천히 지나쳤다. 차가 비둘기 사체를 천천히 지나쳤다. 죽은 비둘기는 일주일의 시간만큼 썩어 있었다. 그리고 나는 다음 주의 같은 장소와 같은 시각을 생각하지 않았다. 이대로 죽어버릴까, 나는 생각했다. 하지만 어려운 일이었다. 차에서 내려 교각 아래로 떨어지지 않는 한 쉽지 않은 일이었다. 해가 지고 있었다. 천천히, 아주 오랫동안. 저물녘, 해의 데크레셴도, 그러는 동안에도 모든 죽은 것들이 전속력으로 썩어가고 있었다. 나는 사체를 완전히 지나친 뒤에야 차창을 내리고 담배에 불을 붙였다. 차들이 가다 서다를 반복하고 있었다. 햇빛이 사위었고 라디오에서 매시 57분에 방송하는 교통 정보에서 서부간선도로 정체를 알리고 있었다. 성산대교까지 13km가 남아 있었다. 표지판이 그렇게 알리고 있었다. 표지판은 그 외의 아무것도 알리지 않았다. 걸어서 가도 네 시간이면 닿겠군, 나는 생각했다. 생각해보면, 아니 생각해볼 것도 없이, 계속해서 죽고 있었어, 그러니까 모든 것들이, 날마다 죽어가고 있었다. 죽은 비둘기는 어디서나 볼 수 있었어, 다만 잘 보이지 않았을 뿐이었다. 비둘기만이 아니었지, 도시의 길가에서는 죽은 개와 고양이와 쥐를 하루걸러 하루꼴로 볼 수 있었다. 동물들만이 아니었지, 사람들도 날마다 죽었다. 죽음은 대개 보이지 않았지만 온몸에 수십 개의 튜브를 꽂고 맞이하는 죽음, 그런 것도 본 적이 있다, 여러 번. 어느덧 해가 완전히 저물었다.

　보다. 보지 않다. 생각하다. 죽어버리다. 버리다. 표지판. 이정표. 이정표에는 길이 필요하다. 없음. 길에는 이정표가 필요하거나 필요하지 않다. 생각나는 대로 말해보다. 그렇게 하기로 하다. 먼저 시작해야 한다. 끝을 내기 전에 시작해야 한다. 하지만 왜 언제나 끝이 먼저였는지 모르겠다. 시작하기 전부터 끝이었다. 죽기 전에 이미 죽어 있었다. 여름. 가을. 계절은 중요하지 않다. 아니다. 중요하다. 그런지도 모른다. 계절에 따라 부패의 속도도 달라지기 때문이다. 죽어버리다. 생각하다. 죽어. 버리다. 나는 죽음이라는 단어를 처음 이해한 순간부터 죽음에 대해서만 생각했다. 그리고 운전을 배웠다. 죽음이라는 단어를 처음 이해한 순간과 운전을 처음 시작한 때 사이에는 긴 시간이 있다. 대략 내 나이의 절반쯤, 혹은 그 이상일 것이다. 돌이켜보니 처음으로 죽음이라는 단어를 이해했던 순간이 언제인지 알 수가 없다. 그런 순간은 아직 오지 않았는지도 모른다. 그간 이해한다고 오해했는지도 모른다. 어쨌거나 나는 죽음이라는 단어를 처음 들었을 때, 그 단어가 의미하는 바를 처음부터 끝까지, 위부터 아래까지, 겉부터 안까지, 그 외에도 존재할 수 있는 모든 방식으로 이해했다. 직관적으로 이해했고 감각적으로 이해했다. 그렇게 믿었다. 이해는 믿음이 아니지만 어쨌거나 그러했다. 어쨌거나,라는 말을 앞으로도 많이 하겠지, 그러니까, 그러니까,라는 말도 앞으로도 많이 하겠지만, 그러니까, 죽기 전까지 많이 할 거라는 말이다. 내 말은, 그러니까, 어쨌거나, 죽음에 대한 나의 이해는 운전을 시작하면서 새로운 측면을 갖게 되었다. 차체에서 떨어져 나간 전면 유리창. 특수필름. 산산이 부서졌지만 완전히 부서지지 못한 상태. 그런 것들을 수도 없이 보았다. 지난주에 왼쪽 등산화를 보았다면 그다음 주에는 오른쪽 등산화를 보았다. 수백 미터, 혹은 수 킬로미터를 지난 후였다. 정확한 거리를 알고 싶었다. 정확한 숫자를 보면 안심이 됐다. 아니다. 나는 등산화 한 켤레가 두 짝의 등산화로 분리되어 수백 미터, 혹은 수 킬로미터라는 거리를 사이에 두게 되었는지 알고 싶었다. 하지만 숫자는 아무것도 말해주지 않았다. 물론 정확한 숫자를 알 수도 없었다. 어쨌거나 등산화는 부패하지 않았다. 부패의 당사자가 사람이었다면, 그는 응급실로 즉각 이송되었을 것이다. 혹은 장례식장으로. 금요일 저녁의 서부간선도로에는 늘 구급차가 지나갔다. 앰뷸런스 소리가 들리기 시작하면 나는 귀를 기울여 그 소리가 어디에서 들려오는지, 그러니까 전방인지 후방인지를 알려고 했다. 나는 청력이 예민하지 않았고 늘 진원지를 착각했다. 내가 경험한 한에서는 대부분의 운전자들은 차를 도로 양옆으로 비켜 구급

차를 위한 길을 터주는 데 머뭇거리지 않았다. 경험한 한에서는 그렇다는 말이다. 나는 필사적으로 빠르게 멀어지는 구급차를 볼 때마다 쾌감을 느꼈다. 쾌감이라니, 환자의 무사를 무의식중에 빌기도 했다. 사이렌 소리는 좀처럼 문자로 굳어지지 않았다. 나는 소방차와 구급차와 경찰차의 사이렌 소리를 좀처럼 구분하지 못했다. 딱히 구분해야 할 필요는 없었다. 하지만 구분하고 싶었고, 번번이 잘못 판단했다. 모두 삶에 균열을 일으키는 소리들이었다. 저마다 다른 방식으로. 가장 크고 지독한 사이렌 소리는 민방위 훈련 때 들었다. 평일 오후 두시, 십이 차선 도로가 정지했다. 숨 막히는 적막이 감돌았다. 그 소리는 온갖 불쾌한 기억들을 끄집어냈고 나는 아이스크림을 먹으며 눈을 감았다. 아니다, 실은 노래를 부르기 시작했다. 무슨 노래였는지는 기억나지 않는다. 온갖 불쾌한 기억들이 무엇이었는지도 기억나지 않는다. 그렇게 믿기로 한다. 그것들은 이미 부패했다. 잔해가 되었다. 사라졌다. 그렇게 믿기로 한다. 아무것도 보이지 않는다. 거짓말은 아니다.

그러니까 쓰지 마라. 아니면 처음부터 다시 시작해야

할지도 모른다. 무엇을 써야 할까, 어쨌거나 내가 아닌 사람들이 기대할 만한 것은 아니다. 많은 사람들이 쓰지 말라고 했지, 아무것도. 하지 말라고 했지, 아무 말도. 그래서 나는 쓰지 않았다. 오랫동안. 그렇게 긴 시간은 아니었어, 고작 몇 년이었다. 하지만 쓰는 법을 잊기에는 제법 충분한 시간이었다. 나는 쓰지 않는 게 아니었다. 그런 척을 하고 있었지, 실은 나도 모르게 처음부터 다시 시작하고 있었다, 늘. 처음부터 다시 쓰고 있었어, 아니, 처음부터 다시 써야 한다고 생각하고 있었고, 처음부터 다시 쓴다는 문장을 반복적으로 읊고 있었다. 두 번째 문장을 쓰려면, 그러니까 정말로 시작하려면, 그러니까 처음부터 다시 쓴다는 문장만 반복해서는 아무것도 시작되지 않으니까, 그래 차라리, 늘 다시 시작되어도 좋다면 좋을 텐데, 나는 늘 똑같은 것만 반복하면서 살 수 있는데, 그러면서 즐거움을 느끼는 종류의 인간인데, 어쨌거나 이왕 쓰겠다고 생각한 이상, 나는 두 번째 문장을 생각해야 했고, 그러려면 내가 아닌 누군가가 필요했다. 나는 반복만 반복할 뿐이니까, 내 반복을 저지하거나 망가뜨릴 무언가가, 혹은 누군가가 필요했다. 나는 처음에, 그러니까 첫 번째 문장을 쓰고 나서, 그게 비둘기라고 생각했다. 사람도 사물도 아닌 것이지, 그러니까 안전한 것, 누구도 무엇도 아닌 것이었다. 나는 서해안고속도로와 서부간선도로가 만나는 지점의 중앙분리대 옆에서 죽어 있는 비둘기를 실제로 보았어, 그건 정말로 죽어 있었고 그 비둘기가 내 지각의 대상이 된 건 죽어 있기 때문이었다. 그건 역겨운 일이었지, 살아 있는 비둘기는 차고 넘치는데 나는 그전부터 지금까지 그때나 지금이나 산 비둘기에는 전혀 관심이 없었다. 나는 비로소 죽어서야 관심의 대상이 되는 사람들에게로 관심이 옮겨 갔다. 나는 그들이 살았을 때 관심을 가졌어야 했어, 그들이 살았을 때 하는 말을 들었어야 했다. 그러다 나는 누군가의 말이 생각이 났어, 수업 시간에 들었던 말이었을 거야, 헤밍웨이는 사자를 죽이면서 어른이 되고, 포크너는 곰을 살리면서 어른이 된다던 말이었다. 나는 누구를 죽이고 살렸나, 나는 누군가의 죽음을 방기하고 방관하면서 어른이 되었다. 영광도 자랑스러움도 없는 어른이지, 그러므로 어른이라고 할 수 없는지도 모른다. 하지만 어른이 되어야 해, 어린애는 책임을 질 수 없기 때문이다. 내 삶은 죄 아니면 무죄였어, 죄가 없는 드문 자리에 무죄가 있었지, 대부분은 죄로 잠

식되어 있었다. 나는 서로 멀리 떨어진 등산화 두 짝의 거리를 머릿속으로만 가늠했어, 그건 나와 죄의 거리라는 생각이 들었지, 거리가 가까워질수록 유죄였다. 그래서 늘 도망치고 있었던 것이다. (쓰지 마라) 그래도 써야 해, 늦었지만 써야 한다. 나는 늘 죽고 싶었고 그건 한 세계가 끝장나야만 해결될 수 있는 바람이었다. 그래서 당분간 내버려 두기로 했지, 어차피 내가 죽는다는 사실에는 변함이 없었다. 그러면서 아침부터 저녁까지, 밤부터 새벽까지 칼을 생각했다. 나는 주삿바늘만 봐도 펄쩍 뛰는 인간이었고 그러니 내가 생각한 칼이라는 건 도저히 구체적일 수 없는 물건이었다. 나는 가능한 한 깨끗하게 죽고 싶었고 그건 대충 불가능했다. 그래서 나는 다시 비둘기를 생각했지, 비둘기는 도로 위에서 풍장의 시간을 겪고 있었다. 죽은 비둘기가 치워지기까지는 한 달 반 정도가 걸렸다. 사체의 외피는 일주일마다 조금씩 줄어들었다. 눈에 보일 정도였어, 그 속도라는 것이, 나는 일주일에 한 번씩 그 옆을 숨죽이고 지나갔다. 보지 않으려고도 해봤지만 어쩔 수 없었고 보아야만 했다. 넷째 주, 비둘기의 몸통 위로 모래가 덮여 있었고 나는 정말이지 누군가가 잠시 차에서 내려 모래를 덮어준 것이기를 바랐다. 그것 말고는 사실, 다른 이유가 있을 수가 없었다. 그 정도 양의 모래가 하필이면 그 위에만 덮일 리가 없었으니까. 비둘기는 모래에 덮여 부드럽게 썩어가고 있었다. 비둘기는 모래를 덮고 부드럽게 썩어가고 있었다. 그리고 일곱째 주, 그 자리에는 아무것도 없었다. 자동차 파편들은 여전히 그 주변을 뒹굴고 있었고, 도로는 여전히 정체 중이었다. 그러니까 처음부터 다시 시작해야 해, 비둘기에게 특징을 만들어줄 수 있을까, 나는 생각했다. 하지만 내가 비둘기에 대해 알 턱이 있나, 비둘기라는 것은 비둘기라는 단어와 일치할 뿐 내 안에서 구체적인 형상을 갖지 못했다. 비둘기의 습성이나 먹이 따위에 대해 아는 바가 하나도 없다는 데 생각이 미치자 초조해졌어, 죽은 비둘기를 처음 본 것은 아니었다. 앞의 문장은 고쳐야 할 것 같군, 쉼표로 연결된 두 개의 문장이 서로 전혀 동떨어진 얘기를 하고 있다. 하지만 고치지 않겠어, 이미 고쳤기 때문이다. 나는 도시에서만 살았고 비둘기를 좋아하는 사람을 단 한 명도 본 적이 없다. 죽은 비둘기를 발로 차는 사람과 죽은 비둘기를 물고 가는 고양이를 본 적은 있다. 그 외에도 발 없는 비둘기와 부리를 다친 비둘기를 본 적이 있었고 비둘기

떼가 날아오르자 기겁을 하며 흩어지던 사람들을 본 적이 있었다. 도로는 여전히 정체 중이군, 그러니까 나는 생각을 더 진행시킬 수 있다. 앞차의 꽁무니를 노려보며 이런저런 생각을 하다 보면 때로는 차 대신 생각이라는 것이 앞으로 나아가기도 한다. 하지만 좀처럼 그렇게 되지 않는군, 아직도 비둘기의 특징이 만들어지지 않았기 때문이다. 비둘기라는 말만 들어도 구역질이 날 것 같다고 하는 사람도 만난 적이 있어, 나는 그 사람 앞에서 부러 비둘기, 비둘기, 비둘기, 하고 여러 번 반복적으로 말했지만 그 사람은 구역질을 하지는 않았다. 계속 다시 시작하고 있군, 비둘기는 죽어 있었고 그걸로 정말 끝이었다. 나는 계속해서 모종의 죄책감을 느꼈고 그 이유가 궁금했다. 아마 묻어주지 못해서였을 거야, 아마 그 옆을 그대로 지나갈 수밖에 없어서였을 거야, 그리고 아마도 그 죽음을 보았기 때문일 것이다. 결국 내 얘기를 하고 있는 거야, 왜 자꾸만 이렇게 되는 것일까, 나는 생각했다. 그러니까 나는 내 얘기를 하려고 비둘기를 이용하고 있는 거야, 나는 생각했다. 비둘기의 목덜미는 잘 보이지 않았다. 재색 날개가 목덜미를 덮고 있었다. 비둘기의 목덜미가 보통 회색과 청록색과 자색이 뒤섞여 있었던가, 나는 생각했고 보이지 않는 것을 상상하려고 했다. 부리도 보이지 않았다. 펼쳐진 날개가 제법 컸다. 가만, 그러니까 비둘기가 아닌 다른 새였을지도 모른다. 새라고는 비둘기만 봐온 내가 당연히 그 새도 비둘기라고 여겼는지도 모른다. 그러면 처음부터 다시 시작해야 할까, 아니, 아니다. 서해안고속도로에서 서부간선도로로 이어지는 교각도로 중앙분리대 옆에 있던 사체가 다른 동물의 그것이었다고 해도 달라지는 점은 없을지도 모른다. 사람이었다면 그렇게 오랫동안 거기 죽어 누워 있지 않았을 것이다. 그 얘기는 나중에 하기로 하자. 다시 새로, 비둘기로 돌아간다. 그러니까 다시 나로 돌아간다는 말이지, 나도 어쩔 수가 없다. 일단은 그렇다. 일곱 번째 금요일에 비둘기 사체는 치워지고 없었고, 미처 바람에 날아가지 않은 모래만 몇 줌 남아 있었다. 나는 버릇처럼 모래의 알갱이를 하나씩 세고 싶다고 생각했고, 그 옆을 지나쳤고, 여덟 번째 금요일은 휴강이었으므로 학교에 가지 않았고, 비둘기의 사체가 사라지고 없는 자리 대신 다른 것을 보았다. 하지만 아홉 번째 금요일이 되었고 나는 같은 곳을 지나가야 했다. 그날도 도로 정체가 심했다. 차들이 꿈적도 하지 않았고 이미 저녁이었다. 어둠이 진해지고 있었다. 모래의 흔적이 있었다. 모래가 있었다는 말과 다르지 않군, 그리고 나는 늘 보던 것들을 각각 다른 자리에서 보았다. 여기저기에서. 아무 데서나. 예상치 못한 곳에서, 그러나 늘 예상 밖이므로 결국 예상할 수밖에 없는 곳에서. 그날도 앰뷸런스 소리가 들려왔고 이번에는 전방이었다. 그러니까 하행 도로에서 들려오는 소리였다. 빨간색과 노란색 불빛이 가득한 도로 위로 초록색 불빛이 느리지만 최대한 빠른 속도로 달려왔고 나는 순간적으로 눈이 멀었다. 불빛 때문은 아니었다. 어둠 때문도 아니었다. 찰나였고 시야는 다시 확보되었지만 나는 다시 순간적으로 브레이크 대신 액셀을 밟았고 앞에 선 차를 들이받을 뻔했다. 성산대교까지 13km가 남아 있었고 그곳까지 예상되는 주행 시간은 한 시간이었다.

나는 죽음에 대해서라면 끝없이 이야기를 할 수 있어, 온갖 죽음의 사례들을 보았기 때문이다. 하지만 다른 사람들보다 유별나게 죽음을 보아온 것은 아니다. 다들 비슷하게 죽음을 보며 살고 있겠지, 나는 단지 덜 잊을 뿐이다. 누구보다? 나보다. 비둘기 이야기를 했으니

이번에는 개 이야기를 해볼까, 나는 오랫동안 개를 길렀다. 개들이 나를 길렀다는 말이 맞을지도 모른다. 그러니 개의 특징들에 대해서는 조금 더 아는 것이 많을 것이다. 이렇게 서해안고속도로와 서부간선도로의 금요일 정체 상황은 묘사와 서사 너머로 사라지겠군, 바라는 바다. 비둘기 사체도 사라지면 좋겠지, 그건 이미 사라졌다. 이미 썩어서 사라졌다. 그렇기를 바란다. 죽음의 자리. 유리 조각. 찌그러진 철. 찢어진 타이어. 아니야, 그런 것들에 대해서는 더는 생각하지도 쓰지도 않겠다. (쓰지 마라) 가끔은 왜 문장이 끝날 때 마침표를 찍어야 하는지 모르겠어, 기계적으로 찍을 뿐이다. 앞으로도 그렇게 하기로 한다. 다시 시작해볼까, 그러니까 개 이야기로 시작해보자. 나는 오랫동안 개들을 길렀다. 정확히 말하자면 부모의 개들이었다. 개들이 차례대로 죽고 마지막으로 하나가 남았다. 나는 그 개를 두 번, 장기간 맡아 돌본 적이 있었고 그때 내가 줄 수 있는 최대치의 정을 개에게 쏟아부었다. 그리고 개가 죽었다. 나와 가족은 개를 묻으러 갔다. 죽은 개를 묻으러, 죽은 개를 묻으러, 죽은 개를 묻으러 간다. 머릿속에서 나는 앞의 문장만 생각했다. 개에게 나는 특별하지 않았다. 나와 부모는 따로 살았고 내가 개를 볼 수 있는 날은 연중 며칠 되지 않았다. 개는 과체중이었고 내가 개를 맡아 돌볼 때면 개의 체중 감량에 심혈을 기울였다. 동물 병원에 데려가서 엑스레이를 찍기도 했다. 개의 뒷다리 뼈가 틀어져 있었다. 그 부위의 명칭과 증상을 정확히 알 수 있다면 좋을 텐데, 틀어졌다는 것보다 정확한 단어가 있을 텐데, 의사가 슬개골과 탈구라는 단어를 사용했던 것 같기도 하다. 정확하지는 않다. 개의 특징을 묘사하는 것을 잊었군, 이번에는 할 수 있을 것 같기도 하다. 모르겠다. 동생이 어디선가 주워온 개의 대략적인 품종은 포메라니언이었고 뾰족하게 솟은 삼각형 귀에 얼굴과 턱 밑은 흰색, 정수리에서 등으로 이어지는 부분에는 오렌지색 털이 빼곡하게 돋아나 있었다. 개는 명랑했고 자주 웃는 표정을 지었는데 나는 개가 웃을 리가 없다고 생각하면서도 개의 웃음을 보면 기분이 좋았다. 유리 조각. 찌그러진 철. 찢어진 타이어. 등산화 두 짝. 연한 오렌지색과 흰색이 뒤섞인 개의 꼬리는 풍성했고 자주 털이 엉켜 있어서 항문 밑에 조그만 똥 덩어리가 엉겨 붙기도 했다. 그러면 가위로 그 부분을 잘라내기도 했지, 가만, 부분이라니, 정확히 어떤 부분을 말하는 건지 모르겠다. 어쨌거나 나는 개똥에는 별로 거부감이 들지 않았다. 개는 대단히 귀여웠고 응석을 잘 부렸다. 개에게는 단 한 번도 폭력이 가해진 적 없었고 나는 개를 볼 때마다 일종의 감동을 느꼈다. 개의 표정에는 어떠한 두려움도 없었고 개는 제가 보는 모든 사람을 완벽하게 신뢰했다. 개는 맛있는 먹이를 좋아했고 내가 내미는 체중 감량 사료를 좋아하지 않았으나 마지못해 먹어치우고는 했다. 개는 영리했지만 머리를 쓰며 살기에는 지나치게 사랑을 받았다. 개가 사랑을 받는 만큼 개의 체중도 불어났다. 개는 왼쪽 뒷다리를 못 쓰게 되어 수술을 받았고 그 후유증으로 죽었다. 죽은 개를 묻으러, 죽은 개를 묻으러, 죽은 개를 묻으러 간다. 나와 가족은 죽은 개를 묻으러 갔다. 죽은 개는 눈을 감지 않았다. 개들은 보통 죽어서도 눈을 뜨고 있다고 했다. 알코올로 소독한 개의 사체는 지나치게 깨끗했고 희미한 알코올 냄새를 제외하고는 아무런 냄새도, 일반적인 개의 냄새도 전혀 나지 않았다. 개는 여전히 오렌지색과 흰색이었고 뾰족하게 솟은 오렌지색 두 귀도 여전히 삼각형 모양을 유지하고 있었다. 알코올로 소독한 개는 절대로 부패하지 않을 것처럼 보였지만 바로 그 순간 부패 직전이거나 혹은 이미 부패하기 시작했다는 것을 나는 깨달았고 그러자 개의 앞발을 잘라 갖고 싶다고 생각했지만 속내는 속내일 뿐 입 밖으로 내지는 않았다. 사용된 에어백. 찌그러진 차체. 산산이 부서진 유리창. 나와 가족은 죽은 개를 끌어안고 대전에서 공주로 이동했다. 평일 한낮의 도로는 한산했고 창밖으로 아무런 의미도 없는 한적한 풍경이 지나가고 있었다. 죽은 개를 묻으러, 죽은 개를 묻으러, 죽은 개를 묻으러 간다. 개는 무수한 특징을 갖고 있었지만 이제는 그 특징들도 부패하기 시작하고 있었다. 개도 죽음을 생각할까, 나는 생각했다. 개를 날마다 관찰한 것은 아니었으므로 정확하지는 않지만 개는 단 한 번도 죽음을 생각해본 적 없는 것처럼 보였다. 개는 사람을 보면 짖었고 음식을 보면 짖었는데 두 경우 모두 반가워서였다. 이런 것들도 개의 특징이 될 수 있을까. 개를 묻으러 가면서 본 특징 없는 풍경들도 개의 특징이 될 수 있을까. 개를 묻으러 가는 차 안에서 나와 가족들 사이에 오고 간 짧은 말들도 개의 특징이 될 수 있을까. 나는 개가 지금 이 순간에도 부패하고 있다는 것을 믿을 수 없어서 개에게서 눈을 떼지 않았다. 아니다. 나는 개가 부패하는 속도를 보고 싶어서 개에게서 눈을 떼지 않았다. 아니다. 나는 개의 죽음을 보고 싶지 않아서 개에게서 눈을 떼지 않았다. 나와 가족은 개의 죽음이 처리되는 장소에 도착했다. 개의 죽음을 처리하는 사람이 대문을 열어주었다. 백구 두 마리가 그를 따라 나와 꼬리를 흔들었다. 내 동생이 죽은 개를 안고 있었다. 나와 가족은 대문 안으로 들어섰다. 나와 가족은 눈물을 뚝뚝 흘리며 개의 죽음을 처리하는 사람을 따라 건물 안으로 들어갔다. 개의 죽음을 처리하는 사람이라니, 더 나은 단어나 표현이 있을지도 모르겠지만 지금은 생각나지 않는다. 개의 죽음을 처리하는 사람이 개의 관과 수의를 선택하라고 했다. 동생이 선택했다. 개는 잠시 바닥에 눕혀졌다. 나는 개가 죽었다는 것을 믿을 수 없어서 개를 바라보지 않았다. 하지만 개를 바라보지 않아도 개가 죽었다는 것을 믿을 수 없었다. 개의 죽음을 처리하는 사람이 장례 절차를 설명했다. 나와 가족은 소파에 앉아 그의 설명을 들었다. 정면에 텔레비전과 카드 단말기와 장례비 무이자 할부 이벤트를 알리는 판이 놓여 있었다. 개의 죽음을 처리하는 사람이 죽은 개를 들고 방으로 들어갔다. 개는 태워질 거라고 했다. 죽은 개를 태우러, 죽은 개를 태우러, 죽은 개를 태우러 간다. 나는 앞의 문장을 반복적으로 되뇌었다. 개가 다 타기까지는 한 시간이 걸린다고 했다. 나는 담배를 피우려고 건물 밖으로 나왔다. 백구 두 마리가 교미하고 있었다. 그중 한 마리와 눈이 마주쳤다. 교미 중이던 백구 한 마리가 사납게 짖었다. 개가 짖으면서 내게로 다가왔다. 달려들었다는 말이 더 정확할 것이다. 나는 물러나지 않았다. 죽은 개가 탈 예정이었다. 죽은 개를 태우러, 죽은 개를 태우러, 죽은 개를 태우러 간다. 나는 생각했고, 이 생각이 종료되기 전, 내게로 달려든 백구 한 마리가 내 종아리를 세게 물었다. 종아리에 통증이 느껴졌다. 나는 백구를 떨쳐내고 휘청거리며 다시 건물 안으로 들어갔다. 수의를 입힌 개가 관에 들어갔다. 수의를 입은 개가 들어간 관이 화장장에 들어갔다. 수의를 입고 관에 들어가 화장장에 들어간 개가 재가 되어 나왔다. 죽은 재를 태우러, 죽은 재를 태우러, 죽은 재를 태우러 왔다. 이런 것도 개의 특징이 될 수 있을까. 나의 특징은 될 수 있을 것이다. 건물의 창밖으로 아무런 의미도 없는 시골 풍경이 펼쳐져 있었다. 개의 슬개골이 재가 되었고 개의 탈구가 재가 되었고 개의 짖음이 재가 되었다. 개의 체중은 사라지고 없었고 어쩌면 개도 사라지고 없었다. 한때 개였던 재를 바라보다 화장실에 가서 바지를 벗었더니 오른쪽 종아리에 개의 이빨 자국이 선연했다. 여덟 개의 잇자국, 그중 왼쪽 가장자리에 위아래로 난 잇자국에서 피가 배어 나와 흐르고 있었다. 큰 개가 남긴 잇자국이 었다. 이런 것도 개의 특징이 될 수 있다면, 대체 어떤 개의 특징이라고 할 수 있을까. 개는 재가 되었고 개의 삶은 종료되었지만 나는 이제 처음부터 다시 시작해야 한다. 개의 이야기를 쓸 수 있을까. 개의 재는 나무 밑에 묻혔다. 죽은 재를 묻으러, 죽은 재를 묻으러, 죽은 재를 묻으러 왔다. 왔노라 태웠노라 묻었노라. 개의 귀여움과 명랑함과 웃는 표정과 아무나 신뢰하는 태도가 태워졌고 묻혔다. 개에 대한 나의 감동까지 사라진 건 아니었으나 이런 것도 개의 특징이 될 수 있을지는 알 수 없었다. 나는 사람보다는 개를 쉽게 사랑했으나 개도 나를 쉽게 사랑했는지는 알 수 없었다. 정관사가 필요하군, 한국어에는 정관사가 필요하다. 혹은 그 이상의 문법적 요소들이 필요하다. 개는 나를 사랑하지 않았을 것이다.

　나는 언제나 개의 언어로 말하고 싶었다. 그러니 처음부터 다시 짖어볼까. (쓰지 마라) 처음부터 다시 짖어볼까. 나는 개가 죽었다는 것을 여전히 믿을 수 없어서 개를 바라보지 않았다. 이미 개는 재가 되었으므로 개를 바라보기란 불가능했다. 나는 개가 재가 되었다는 것을 믿을 수 없었지만 재를 본 이상 믿어야 했다. 이렇게 개 이야기만 계속할 수 있을까, 그럴 수도 있겠지만 바라는 바는 아니다. 나는 처음부터 다시 시작할 수 있다. 얼마든지 처음부터 다시 시작할 수 있어, 그러면 끝까지 아무것도 쓰지 않을 수 있을 것이다. 계속해서 처음부터 다시 시작하는 거야, 그렇게 끝이 물러나겠지, 바라는 바다. 하지만 정말로 아무것도 쓰지 않을 수 있을까, 다시 비둘기나 개를 이야기하기 시작할까, 그건 아무 의미도 없는 이야기일 것이고 설령 의미가 생겨난다고 해도 나는 서둘러 그 싹을 자를 것이다. 개가 짖고 있군, 눈앞에 먹이는 없다. 개 앞에 사람을 갖다 둘까, 개가 짖도록, 누구를, 나는 아니다. 개는 죽었고 나는 개 같은 언어로 계속해서 다시 시작할 수 있다. 나는 개 앞에 선 사람을 생각한다. 그전에 먼저 선, 서다, 서 있다,라는 말에 대해 생각해야 한다. 서 있는 것이 아니야, 그냥 있는 것이지, 적어도 앞의 세 문장은 다 지워야겠군, 하지만 지우지 않겠다. 이미 지웠기 때문이다. 아무튼 사람을 생각

해보자. 개는 더 이상 이야기하지 않아도 돼, 비둘기도
더는 이야기하지 않아도 될 것이다. 정확하지 않은 문장
들이다. 그러니까 더는 개와 비둘기를 이야기하지 않아
도 될 거라는 말이다. 하지만 비둘기라는 단어가 서해안
고속도로와 서부간선도로를 연결하는 교량 구간을 불
러낸다. 구겨진 차체, 찌그러진 철, 깨진 유리. 무기물의
잔해들. 어느 차가운 봄날, 새 학기가 시작되고 첫 번째
금요일이었다. 가을이라고 했던 건 거짓말이었다. 3월
첫 주 금요일, 아직 겨울 외투를 입어야 할 날씨였다. 마
음을 가라앉힌다. 마음이 가라앉는다. 거짓말이다. 나는
안산의 한 대학에 강의를 나가고 있었다. 첫 시간은 열
두 시 반, 두 번째 시간은 세 시 반에 시작했다. 같은 강
의였으나 반이 두 개로 나뉘어 있었다. 첫날이었으므로
첫 번째 수업은 한 시 반쯤 끝났다. 내게는 두 시간가량
여유가 있었다. 커피를 마시려고 학교에서 전철역 쪽으
로 삼십 분쯤 걸었다. 그때 나는 어지간한 거리는 걸어
다니는 습관이 있었다. 오래된 주공아파트 단지를 지나
쳤다. 양말과 스타킹을 파는 트럭이 있었다. 나는 행상
에게서 양말 열 켤레를 샀다. 양말은 아무리 많아도 지
나치지 않은 물건이지, 나는 생각했다. 공기가 맑고 차

가웠다. 나는 맑은 콧물을 흘리며 처음으로 눈에 들어온 큰 카페에 들어갔다. 냅킨부터 찾아 코를 닦고 커피를 주문했다. 자리에 앉아 책을 펼쳤다. 무슨 책이었지, 아무 제목이나 말해도 될 것이다. 하지만 말하지 않겠어, 과하기 때문이다. 왜 모든 제목은 압도적인 것일까, 나는 생각한다. 마음이 가라앉지 않는군, 아무래도 마음이 가라앉지 않는다. 그래도 해야 한다. (쓰지 마라) 나는 책을 펼쳤다가 덮었다. 책의 제목은 『마음』이었다. 그 책의 제목을 『마음』이라고 하자. 그 『마음』은 아니었다. 아니었을 것이다. 여러 『마음』들이 있기 때문이다. 나는 덮은 책 위로 양말 열 켤레가 든 비닐봉지를 올려놓고 양말을 꺼내 수를 셌다. 스무 짝, 열 켤레였다. 굳이 확인하려고 했던 건 아니었다. 단지 수를 세고 싶었을 뿐이었다. 하지만 열, 스물이라는 숫자는 마음을 가라앉히기에 충분히 크지 않았다. 그러니까 그때도 지금처럼 마음이 가라앉지 않았던 것이다. 나는 커피를 마시면서 마음을 가라앉히려고 했다. 세 시 반 수업에 늦지 않게 들어가려면 적어도 세 시가 되기 전에 일어서야 했다. 오십 분가량 여유가 있었다. 책의 절반쯤을 읽을 수도 있을 시간이었다. 하지만 좀처럼 책을 읽을 생각이 들지 않았다. 나는 기다렸다. 나는 아무런 대상도 목적도 없이 기다리고 있었다. 무엇을, 누구를이 빠진 기다림이었다. 기다리다는 불완전동사였다. 나는 기다렸다. 그러다 다시 양말의 숫자를 세려고 가방을 열었을 때, 휴대폰이 울렸다. 친구의 이름이 화면에 나타나 있었다. 기다리던 전화는 아니었다. 나는 기다리고 있었지만 실제로는 아무도 아무것도 기다리지 않는 것과 마찬가지였기 때문이었다. 하지만 나는 전화를 받았다. 수업 중이었다면 받지 않았을 것이다. 수화기 너머의 친구는 한동안 아무 말도 하지 않았다. 침묵이 이어지는 동안, 나는 친구의 입에서 자살이라는 단어가 나올 것임을 직감했다. 그런 침묵이었다. 자살을 종용하는 침묵이었다. 그런 침묵이 있다는 걸 나는 그때 처음 알았다. 수화기 너머의 친구는 한참을 더 침묵하다 한 친구가 자살했다고 말했다. 나는 침착하게 장례식장이 어딘지 물었다. 친구는 신촌 세브란스병원이라고 대답했다. 그 뒤에 무슨 말이 더 오갔는지는 기억나지 않는다. 친구와 나, 둘 중 누가 먼저 전화를 끊었는지도 기억나지 않는다. 전화를 끊고 나서 드릴, 드릴 생각이 났다. 모든 것이 더없이 흐릿하면서도 명료하게 맞춰졌다. 흐린 그림이 그려진 퍼즐처럼, 모든 조각이 빈틈없이 들어맞는 동시에 아무것도 명확하게 보여주지 않는 퍼즐처럼. 모든 조각이 그토록 완벽하게 맞춰진다는 것이 놀라웠다. 나는 무엇을 기다렸던 것일까, 나는 생각했다. 시야가 컴컴해졌다가 뿌예졌다. 천천히 걸어 학교로 돌아갔다. 다시 개 이야기를 해야겠다. 아니다. 다시 비둘기 이야기를 해야겠다. 나는 맑은 콧물을 흘리며 학교로 돌아갔고, 강의실에 들어갔고, 스스로도 무슨 말을 하는지 명료하게 알지 못하는 채로 수업을 이어갔다. 그랬을 것이다. 마칠 시간이 되었을 것이고 강의실에서 나왔을 것이다. 한 학생이 건물을 나서려는 나를 붙들고 뭔가 질문했을 것이다. 그랬을 것이다. 나는 건물 뒤에 세워둔 차로 다가갔을 것이고, 몸에 밴 습관대로 운전석에 앉자마자 안전띠를 맸을 것이고, 시동을 걸었을 것이고, 느린 속도로 차를 몰아 학교를 빠져나갔을 것이다. 학교를 벗어난 길목에 경찰 둘이 서 있었을 것이고, 그들이 내게 수신호를 보냈을 것이다. 차창을 내리자 안전띠 착용 여부를 검사하고 있다고 말했을 것이다. 나는 안전띠를 매고 있지 않았고, 경찰은 내게 면허증을 보여달라고 했고, 나는 그 말에 따랐고, 과태료 사전 통지서를 발부받았다. 다시 개 이야

．

기를 해야겠다. 다시 비둘기 이야기를 해야겠다. 겨울
이었다. 봄이었다. 겨울에서 봄으로 넘어가는 계절이었
다. 그런 계절에도 고유한 이름이 필요하다. 경찰이 목
례를 하자 추워졌다. 애매한 추위였다. 바늘 같은 추위
였다. 나는 에어컨을 껐다. 아니다. 에어컨을 켰다. 이미
저물녘이었다. 아니다. 저물녘 직전의 시간이었다. 그
러니까 해가 남아 있었다는 말이다. 신촌 세브란스병원
까지는 26km가 남아 있었고 나는 26이라는 숫자가 가
리킬 수 있는 다른 것을 생각했다. 나는 서안산 IC를 통
과했다. 그러니까 자동차가 통과했다는 말이다. 여전히
눈앞이 흐렸지만 앞선 차 뒤꽁무니를 밝힌 후미등의 붉
은 불빛은 인지할 수 있었다. 그랬을 것이다. 나는 십여
킬로미터를 순식간에 달려갔다. 그러니까 자동차가 달
려갔다는 말이다. 전광판, 일직-금천 4km 정체. 차들이
속도를 줄이고 있었을 것이다. 특정 요일과 관계없이 그
시간의 그 장소는 늘 막히는 구간이었다. 확실하다. 확
실하지 않은 건 뭐였을까, 언젠가 중부고속도로를 달리
다 안녕이라는 표지판을 본 적이 있다. 지명이었다. 나
는 그 표지판을 볼 때마다 상행선에서는 만남을, 하행선
에서는 작별을 생각했다. 아니다. 중부고속도로가 아니

라 평택화성고속도로였다. 비둘기 이야기는 하고 싶지 않다. 안녕이라는 지명이 적힌 표지판을 바라보는 모든 운전자들의 기분을 알고 싶다. (쓰지 마라) 또 도망치고 있군, 글자들이, 문장들이, 그리고 내가 또 도망치고 있다. 이건 확실하다. (쓰지 마라) 처음에는 자동차 부품의 일종이라고 생각했다. 하지만 날개와 발이 보였다. 아니다, 발과 꼬리가 보였다. 아니다, 날개와 발이 보였다. 검었던가, 검었을 것이다. 아니다, 검었다. 그건 확실하다. 도로가 꽉 막혀 있었으므로 나는 검은 것을 오랫동안 볼 수 있었다. 어느덧 뿌옇던 시야가 걷혀 있었지만 흰 것을 검은 것이 대신하고 있었다. 처음에는 까마귀라고 생각했다. 검기 때문이었다. 하지만 아니었다. 죽었기 때문에 검은 것이었다. 나는 그것을 천천히 지나쳤다. 그러니까 차가 지나쳤다는 말이다. 하지만 이렇게 말해도 내가 지나치지 않은 것이라고 말할 수는 없다. 그러므로 내가 그것을 지나쳤다고 해야 한다. 내가 그것을 지나쳤다. 나는 늘 그렇게 내 것이 아닌 모든 죽음을 방치했고, 지나쳤고, 잊었다. 그럴 수밖에 없다고 생각했다. 처음부터 다시 써야겠다. 다시 시작해야겠다. 처음부터 다시 쓸 것이다. 언제까지, 알 수 없다. 어쨌거나 지금까지, 나는 계속해서 다시 쓰는 자다. 그러니 처음부터 다시 쓰겠다. (쓰지 마라) 나는 몇 년 동안 하루도 빠짐없이 자살을 생각했다. 한동안은 죽음에 대해서만 생각하고 있었는데, 갑자기 죽음의 자리에 자살이 들어섰다, 몇 년 전에. 친구의 장례식장에서였다. 친구는 목을 매 죽었다. 나중에 들은 이야기였다. 나는 그가 자살할 것이라는 생각을 전혀 해본 적이 없었다. 짐작조차 하지 못했다는 표현이 더 나을 것이다. 도망칠까, 그러나 도망칠 곳이 없다. 이미 도망쳤기 때문이다.

처음부터 다시 짖기로 한다. 나는 신촌 세브란스병원 장례식장에 저녁이 다 되어서야 도착했다. 그 후로 나는 신촌 세브란스병원 근처를 지날 때마다 친구를 생각했다. 거짓말이다. 나는 신촌 세브란스병원을 지나갈 때마다 자살을 생각한다. 구체성이 결여된 자살이다. 또 개가 짖고 있군, 나는 개다. 하지만 친구는 구체적으로 죽었고 그의 죽음은 조금도 추상적이지 않았다. 어느 해인가 3월의 첫 번째 금요일, 나는 비둘기 사체가 있는 교량 구간 도로를 지나 신촌 세브란스병원 장례식장으로 향했다. 친구가 목을 매 죽었다고 했다. 도로 위에서 나

는 친구의 사인을 알지 못했다. 알고 싶지 않았다. 친구
가 죽었다고 했다. 보다 구체적으로, 친구가 자살했다
고 했다. 그때 나는 양말의 숫자를 생각하지 않았다. 도
로 위에서, 나는 양말 따위는 생각하지 않았다. 도로 위
에서, 나는 앞선 차량의 번호판에 적힌 숫자들을 한 자
릿수가 될 때까지 더하지 않았다. 처음부터 다시 짖어야
한다. 누가, 내가. 나는 친구가 자살한 이유를 알지 못했
다. 친구는 유서를 남기지 않았다. 나중에 그렇게 들었
다. 장례식장에는 친구의 친구들이 여럿 와 있었다. 그
들 다수가 내 친구들이기도 했다. 장례식장에 들어서자
마자 친구의 이름을 확인했다. 친구의 이름을 식별하자
마자 눈물이 흘러내렸다. 눈물이 줄줄 흘러내렸다. 어깻
죽지로 눈물을 닦아냈다. 아니다. 3월이었으므로 손등
으로 닦아냈을 것이다. 손등에 검은 가루가 조금 묻어났
을 것이다. 멀리서 나를 알아본 친구의 친구가, 그러니
까 내 친구가 내게로 다가와 말을 걸었을 것이다. 그가
내게 아이라인이 번졌다고 말했을 것이다. 나는 화장실
로 가서 얼굴을 확인하지 않았을 것이다. 아니다. 화장
실로 가서 얼굴을 확인했을 것이다. 친구의 부모에게 검
은 가루가 묻어난 얼굴을 보이고 싶지 않았을 것이다.

사람들이 많았을 것이다. 그러니까 죽은 사람들을 보러 온 사람들이. 신촌 세브란스병원 장례식장은 생각보다 큰 규모였고 나는 같은 날 죽은 사람들이 생각보다 많다는 사실에 안도했다. 이유를 알 수 없는 죽음들, 나는 생각했다. 죽음에는 이유가 없다고 생각했다. 이유 없이 태어나기 때문이었다. 하지만 자살에는 이유가 있다고 생각했다. 친구는 자살 후 하루 만에 발견되었다. 그렇게 들었다. 나는 부패의 속도를 생각했다. 거짓말이다. 그때는 그런 걸 생각할 수 없었다. 지금 나는 부패의 속도를 생각한다. 3월의 첫 번째 금요일이었고 애매하지만 바늘 같은 추위가 여전한 계절이었다. 하지만 그날은 춥지 않았다. 맑은 콧물이 연신 흘러내린 뒤에는 눈물이 줄줄 흘러내렸다. 줄줄, 더 나은 표현이 있을지도 모른다. 모르겠다. 그러니까, 눈물을 다 흘린 뒤에는 도망치지 않을 것이다. 그럴 것이다. 무엇을 쓰더라도 친구의 죽음에 대해서는, 구체적으로든 추상적으로든, 쓰지 못할 것이다. (쓰지 마라) 그래도 써야 한다. 친구의 죽음에 대해 쓰겠다는 말이 아니다. 내가 방기한다고 믿으면서 동시에 곁눈질해온 죽음들에 대해 쓰겠다는 말이다. 나는 수없이 도망쳤다. 도망치면서 도망쳤다. 말도 안 되는 말이지만 때로는 말도 안 되는 말이 의미를 지니기도 한다. 그럴 것이다. 아니다. 어떤 의미도 없다. 아무것도 쓸 수가 없다. 아무것도 쓰지 못한다는 말밖에는 아무것도 쓸 수가 없다. 그렇다. 그만둘까, 쓰지 마라. 다시 도망칠까, 쓰지 마라. 쓰지 마라. 다시 시작할까, 쓰지 마라. 쓰지 마라. 쓰지 마라. 하지만,

　하지만 처음부터 다시 시작하기 전에, 고쳐 쓰기 전에, 다시 쓰기 전에, 한 번만 더, 한 번만 다시, 도망칠까. 그러니까 어느 특징 없는 하루, 화창한 봄날이거나 가을날에 서해안고속도로와 서부간선도로를 잇는 교량 구간에서 본 목장갑들을 이야기할까. 나는 그 구간을 얼마나 지나다녔을까, 지금까지 그 숫자를 셀 생각을 하지 않았다니, 믿어지지가 않는다. 나는 늘 숫자를 세는 사람이었는데, 나는 늘 숫자를 세는 사람이어서, 어느 날, 서해안고속도로와 서부간선도로를 잇는 교량 구간에서 본 목장갑들의 숫자를 셌다. 구겨지거나 접혀 있었지만 그것들이 각각 단일한 목장갑이라는 건 알 수 있었다. 어째서 형태가 변했는데도 알아볼 수 있는 걸까, 나는 생각했다. 모두 열 짝이었다. 열 짝의 목장갑이 다섯 켤

레의 목장갑을 만들었는지는 알 수 없었다. 그렇기를 바랐다. 왜.

나는 목장갑들의 출처가 궁금했어, 언젠가 도로 위를 나뒹구는 500ml들이 생수병들을 본 적이 있었다. 트럭에서 쏟아진 거였어, 난처한 표정의 운전수가 의지가지없이 그 옆에 서 있었다. 나는 그 옆을, 그러니까 트럭과 운전수의 옆을 그대로 천천히 지나쳤지만, 속도가 충분히 느리지는 않아서, 쏟아져 내린 생수병들의 숫자를 미처 셀 수는 없었다. 아무튼 내가 하고 싶은 말은, 목장갑들이 그날의 생수병들처럼, 트럭에서 떨어진 것이기를 바랐다는 거다. 아니야, 나는 그때 차를 세웠어야 했다. 그래서 쏟아진 물을 주워 담으려는 사람처럼, 하지만 결코 주워 담을 수 없는 사람처럼, 그렇더라도, 생수병을 주웠어야 했다. 적어도 생수병을 주워드리겠다는 말을 했어야 했어, 돕겠다는 말을 했어야 했어, 운전수가 거절하더라도 그렇게 말했어야 했다. 죽을까, 죽어버릴까, 나는 생각한다. 도망칠까, 도망쳐버릴까, 나는 생각한다. 그렇게 생각한다고, 나는 생각한다. 양말과 장갑, 생수와 잔해, 도로에는 늘 그런 것들이 있었고 때로는 그이상의 것들이 있었다. 어렸을 때였어, 나와 가족은 차를 타고 어디론가 가고 있었다. 아버지가 운전석에, 나는 뒷좌석에 앉아 있었다. 아버지는 담배를 피우고 싶다고 했어, 국도를 달리던 차가 갓길에 멈추어 섰다. 차만 타면 속이 뒤집혔던 나는 신선한 공기를 마실 수 있어서 다행이라고 생각했다. 울렁거리는 속을 내리누르며 차에서 내렸을 때, 아버지가 외쳤어. 조심해! 나는 놀라서 앞을 바라보았고, 내 쪽으로 돌진해오는 트럭을 보았다. 트럭에는 불이 붙어 있었어, 한낮이었고, 투명한 그림자처럼 일렁이는, 붉고 노랗고 파란 불길이 보였다. 나는 잘못 봤다고 생각했어, 그러면서 트럭 운전자와 눈이 마주쳤다. 그 눈, 그 표정, 그 얼굴, 불붙은 트럭은 그대로 내 옆을 지나쳤다, 아슬아슬하게. 나는 아무 소리도 내지 못했어, 아버지가 트럭을 쫓아 달려갔지만 트럭의 속도는 조금도 느려지지 않았다. 오래전의 일이다. 국도였고, 보이는 한에서는 비상 전화가 설치되어 있지 않았다. 지나가는 차도, 사람도 없었다. 왜 트럭에 불이 붙었을까, 담뱃불이 옮겨붙었을까, 나는 생각했다. 그날 그 시간, 운전자의 표정이 가끔 생각날 때가 있었다. 그는 나를 치지 않으려고 혼신의 노력을 다했을 것이다. 그의 얼굴에는 여러 종류의 다급함이 떠올라 있었고 나를 치지 않아야 한다는 다급함도 그의 표정에 포함되어 있었다. 그날 그는 살았을까, 나는 생각한다. 아버지는 트럭을 쫓아 백여 미터를 달려갔고 다시 백여 미터를 걸어 나와 가족에게로 돌아왔다. 동생은 잠들어 있었고 어머니는 차에서 내려 아버지에게 무어라 무어라 외치고 있었다. 나는 밤송이를 밟았고 무심코 그것을 집다가 가시에 찔려 아팠던 기억이 트럭 운전수의 표정보다 선명하게 떠오르는 것을 보니 그날은 아마 가을이었을 것이다, 화창한. 아버지는 담배를 연거푸 피웠고 불붙은 트럭이 지나간 도로에는 아버지가 담배를 세 대쯤 피울 때까지 다른 어떤 차도 지나가지 않았다.

쓰지 마라.

써야 한다.

(쓴다)

도로는 여전히 정체 중이다. 나는 전방을 응시한다. 자동차들, 근사한 철, 아직 찌그러지지 않은 철, 아직 잔해가 되지 않은 철, 완전한 철. 완강한 철. 나는 오랫동안 운전을 배울 생각을 하지 않았다. 도시에 살았고 대중교통이 있었고 화석연료를 쓰고 싶지 않았고 무엇보다 어릴 때 멀미가 심했던 기억으로 운전이 꺼려지기도 했다. 하지만 누군가가 말했지, 실려 다니기 때문에 멀미가 났던 거야, 직접 운전을 하면 괜찮다고 했다. 그래서 나는 운전을 배웠다. 차창을 내린다. 먼지와 매연과 담배 연기. 해가 지고 있다. 해가 계속해서 지고 있다. 담배 연기가 눈을 덮친다. 눈물이 난다. 오래 지속되지는 않는다. 그날 트럭 운전자는 살았을까, 만약 그렇다면 지금까지 살아 있을까, 나는 생각한다. 삼십여 년 전의 일이다. 수백만 명이 살고 죽기에 충분한 시간이다. 성산대교까지 19km가 남았다고 한다. 누군가가 살고 죽기에 충분한 거리다. 삼십여 년 동안 나는 아무도 죽이지 않았지만 누군가를 죽게 했다. 내가 보지 않으려고 하는 사이 누군가가 죽어갔다. 나는 계속해서 실려 다니기만 했어, 운전을 시작한 다음부터 나는 약간의 해방감을 느낄 수 있었다. 나는 아무 데로나 아무 도로로나 다녔어, 보통은 서부간선도로 위에서 가장 많은 시간을 보냈지만 드물지 않게 공항 도로를 달렸고 집에서 공항까지 50여

킬로미터를 이십여 분만에 주파하기도 했다. 하지만 아무리 빠르게 달려도 갈증이 가시지 않았어, 공항 도로에는 끝이 있었고 그건 어느 도로나 마찬가지였다. 남한은 작은 나라였고 도로는 끝이 없는 것처럼 보였지만 착각이었다. 하지만 자동차는 얼마나 완전한 사물이었는지, 차 안에서 나는 완전하게 보호받고 있다는 느낌을 받는 것과 동시에 이대로 즉사할 수도 있으리라는 기분을 가졌다. 내 차로는 아무리 빨리 달려도 시속 180km 이상으로 달리기가 어려웠지만 그래도 참을 수 있었다. 나는 그 이상의 속도를 상상하며 달렸다. 빠르게 더 빠르게, 그건 실재할 수 없는 속도였다. 빠른 것보다 더 빠른건 없었다. 금요일 저녁의 서부간선도로에서 나는 재갈 물린 기분이었고 그래서 참을 수가 없었다. 중요한 약속들은 대개 금요일 저녁에 있었고 어떤 부고는 금요일 저녁에 전해졌다. 운전을 시작하면서 나는 더욱 강렬하게 죽음을 생각했다. 나는 죽음이야말로 애매한 세상에서 유일하게 확실한 것이라고 생각했다. 그래서 크고 작은 일상의 의무들을 이행하고 유예하고 무시하며 살았지, 그래서 한동안 아무것도 쓰지 않았던 거야, 그래서 사람들을 만났고 또 만나지 않았던 거야, 말을 계속하는 한 살 수 있었고 글을 쓰기 시작하는 순간 죽고 싶었다. 그때의 감정은 비장함도 도취도 슬픔도 기쁨도 아니었다. 글을 쓰기 시작하는 순간 아무것도 쓸 수 없었고 심지어는 처음부터 다시 쓰기 시작할 수도 없었고 그래서 나는 죽고 싶었다. 자살하고 싶었다는 말이 아니야, 죽고 싶었다는 말이지 죽이고 싶었다는 말이 아니다. 나는 나를 죽이고 싶지 않았고 죽게 내버려 두고 싶지도 않았다. 말장난처럼 들리겠지만 죽고 싶었고 그뿐이었다. 나는 문자 그대로의 의미를 지닌 죽음에 대해 열심히 생각했고 매시간 죽음의 가능성과 불가능성을 가늠했다. 왜 그토록 강렬하게 죽음을 생각하면서도 단 한 번도 실행에 옮길 생각을 하지 않았을까? 내가 죽음의 생각에 골몰하는 동안 많은 사람이 죽었지, 거의 친구들이었다. 친구처럼 느껴지던 지인들도 있었다. 많은 친구가 죽었고 나는 아무도 죽이지 않았지만 결국 그들이 죽도록 내버려 두었다. 해가 지고 있다. 도로는 여전히 정체 중이다. 나는 아무 데로나 가고 있다. 그런 기분이 든다. 십 분이 지나는 동안 나는 고작 800m 남짓 이동했을 뿐이다. 나는 개다. 나는 네 발로 이동한다. 근사한 철, 보호막과 같은 철, 곧 잔해가 될 철. 조심해! 이십 몇 년 전의 어느 날, 아버지가 외마디 비명처럼 내지르던 말이 생각이 났다. 누구에게 한 말이었을까, 트럭 운전자에게 한 말이었을까, 혹은 내게 한 말이었을까, 알 수는 없지, 문득 찬란이라는 말이 떠오른다. 찬란한 비명, 찬란한 트럭, 찬란한 불, 찬란한 도로. 찬란한 햇빛, 이건 많이 사용되는 표현이다. 찬란한 죽음, 생각보다 덜 사용되는 표현이다. 찬란한 착란, 나는 언젠가 이 표현을 사용한 적이 있다. 그날 내가 아버지의 비명을 듣기 직전에 본 것은 무엇이었을까. 조심해! 그리고 나는 수를 세는 사람이 되었다.

그리고 나는 자살자들의 수를 세기 시작했어, 주로 친구들이었다. 먼 지인들도 있었다. 도로는 여전히 정체 중이군, 정체가 풀리려면 세 시간 정도 있어야 하겠지만 세 시간이 지나기 전에 나는 집에 도착할 것이다. 아니다, 세 시간이 지나기 전에 나는 신촌 세브란스병원에 도착할 것이다. 집에서 신촌 세브란스병원까지는 대략 3km 정도 떨어져 있다. 나는 개다. 네 발로 이동하면 세 시간쯤 걸릴 것이다. 다시 시작할까, 처음부터 다시 시작할까. 텅 빈 서부간선도로를 달린 적이 있다. 명절 직후였던 어느 날 새벽이었다. 네 시쯤이었을 것이다. 나는 십 분도 채 지나기 전에 서부간선도로를 통과해 성산대교를 건너고 있었다. 그리고 지금은 앞선 차의 꽁무니만을 노려보고 있군, 이래서야 처음부터 다시 시작하려고 해도 그럴 수가 없다. 그러니 같은 이야기만을 반복할 수밖에 없군, 그러니 같은 이야기를 반복하겠다. 친구가 자살했다는 말을 들었을 때, 그 소식을 전했던 친구는 자살이라는 단어를 발음했고, 나는 다시 맑은 콧물을 흘리기 시작했다. 눈물을 흘리지는 않았어, 그럴 수가 없었다. 잘못 들었다거나 꿈이라고 생각하지도 않았어, 지금 생각해보니 그랬던 것이 분명해, 나는 친구의 자살을 확정적으로 받아들였다. 나는 그가 언젠가 죽을 거라고는 생각했지, 모든 사람이 언젠가 죽기 때문이다. 하지만 그가 자살할 거라고는 생각하지 않았어, 생각하지 못했고, 그럴 수가 없었다. 몇 년 전의 일이다. 나는 정확한 연도를 알고 있어, 하지만 말하지 않겠다. 십 년 후에도, 이십 년 후에도 나는 몇 년 전의 일로 기억하려고 하겠지, 몇 년 정도라면 비교적 쉽게 친구의 얼굴과 말투와 몸짓을 떠올릴 수 있을 것이기 때문이다. 하지만 그건 착각일 뿐, 벌써 생각나지 않게 된 것들이 있어, 오히려 기억나지 않아서 구멍처럼 자리 잡은 것들이 오히려 친구를 구성하고 있다는 기분, 그러나 사실 그렇게 만들어진 형상은 친구가 아니라 나라는 기분. 나는 그가 자살할 거라고는 한 번도 생각하지 못했다. 그건 셀 수 없는 수였어, 없는 것이기 때문이다. 이제야 나는 미안해, 미안해라고 말한다. 그때는 그러지 않았어, 그럴 수가 없었다. 말할 수 있었을 때는 이미 너무 늦어 있었다. 철산교가 보이는군, 차를 돌릴까, 나는 생각한다. 다시 서해안고속도로를 타볼까, 이번에는 하행으로 간다. 아니면 평택화성고속도로를 타볼까, 정확한 경로는 모르지만 내비게이션이 가라는 대로 가면 될 것이다. 나는 안녕이라고 적힌 표지판이 보고 싶다. 안녕 쪽으로 방향을 틀고 싶다. 무의미한 일이다. 하지만 유의미하다고 해서 딱히 그럴듯한 의미가 있었던 것도 아니었다. 친구는 무덤을 남기지 않았다. 유골도 남기지 않았다. 자살자의 유골은 봉안하지 않는다고 했다. 나와 친구들은 친구의 유골이 마지막까지 남아 있던 곳을 찾아간 적이 있다. 봄이었다. 친구는 몇 년 전 3월 첫째 주에 자살했다. 나는 몇 년 전 3월 첫째 주 금요일 저녁 친구의 장례식장에 갔다. 둘째 주가 되자 날이 풀렸을 것이

다. 바늘 같은 추위가 누그러졌을 것이다. 봄이 왔을 것
이다. 3월 둘째 주 금요일, 서부간선도로 양쪽으로 개나
리가 만개했을 것이다. 옷차림이 서서히 가벼워졌을 것
이다. 연한 녹색 이파리들이 늘어나면서 도로의 그늘이
지닌 색도 달라졌을 것이다. 4월 둘째 주 금요일, 서부
간선도로 양쪽으로 벚꽃이 만개했을 것이다. 떨어진 꽃
잎들의 수를 모두 세고 싶었다. 나는 『활짝 핀 벚꽃나무
아래에서』라는 소설을 벚꽃이 피는 계절마다 한두 번씩
읽는 습관이 있었다.

나는 개다.

처음부터 다시 짖어야 한다.

조심해! 그날 아버지가 외쳤어, 그러니까 어느 화창
한 봄날, 아니 가을날이었던가, 한적한 국도를 불붙은
트럭이 지나가던 날이었다. 나는 가끔 그날을 생각했어,
90년대 초반의 어느 날이었다. 일기를 꾸준히 썼다면
좋을 텐데, 당시 나는 일기를 꾸준히 썼지만 트럭에 관
해 썼는지는 기억나지 않는다. 그때 나는 일기장에 거짓

말만 썼고 내가 저질렀거나 저지르지 않은 죄들 때문에 구타당하고는 했다. 시간이 한참 지났으니 지금은 그날 의 불길이 소멸했겠지, 어쩌면 그날의 트럭도 소멸했을 것이다. 한때 불붙었던 철은 고철이 되었거나 다른 철이 되었을 것이다. 고철이 처리되는 방식에 대해서는 잘 몰 라, 다만 철은 철저히 재활용되는 물질로 알고 있다. 그 날의 운전수는 소멸했을까, 그렇지 않기를 바랐어. 하지 만 삼십여 년이 지난 지금, 새삼 그의 생사가 궁금해졌 다. 나는 가끔 그날을 생각했어, 그날 이후로 처음 몇 달 동안은 거의 매일같이, 몇 년 동안은 몇 달에 한 번, 그리 고 지금은 몇 년에 한 번 그날을 생각하게 되었다. 나는 『마담 보바리』를 여러 번 읽었지, 처음 읽은 다음에는 몇 년에 한 번, 그다음에는 몇 달에 한 번, 그리고 지금은 몇 주에 한 번, 완독과 발췌독을 오가게 되었다. 거기 이 런 대목이 있지, 조심해! 아버지의 목소리가 유령처럼 들려오는군, 아무튼 『마담 보바리』에는 이런 대목이 있 다. 보비에사르 후작의 무도회에서 돌아온 엠마는 아아, 한 주일 전만 해도… 두 주일 전만 해도… 세 주일 전만 해도… 그때 나는 거기 있었는데! 그러나 그날의 풍경 은 기억 너머로 소멸하고 말지, 천천히, 문득, 천천히. 나는 『마담 보바리』에서 가장 기이한 대목이 무도회 장면에서 등장한다고 생각했어, 갑자기 하인이 의자에 올라가 창유리를 두 장 깨뜨리는 거야, 그리고 엠마는 창문에 얼굴을 갖다 댄 농부들의 얼굴을 보지, 그리고 아이스크림을 먹으며 눈을 감았다. 그때 하인은 왜 창유리를 깨뜨렸을까, 농부들은 무엇을 보았을까, 엠마 보바리는 그들의 얼굴에서 누구의 얼굴을 보았을까, 나는 생각했다. 붉붉은 트럭보다 선명하게 눈에 들어왔던 운전수의 겁에 질린 표정, 조심해! 동굴처럼 벌어져 있던 검은 입, 날이 가고 달이 갈수록 그날의 표정은 기억 너머로 소멸해갔지만 그날 본 표정을 나는 다른 모든 사람의 얼굴에서 볼 때가 있었다. 그리고 아이스크림을 먹으며 눈을 감았다.

그렇게 이상한 시간들이 흘러갔어, 이 시간들이 내게 가르쳐준 것이 있다. 앞으로도 이상한 시간들이 지나가리라는 것, 지금까지 죽지 않았다면 언제고 죽게 되리라는 것, 우리는 다른 사람들의 얼굴에서 오직 자기 자신의 얼굴만을 본다는 것, 앞으로 『마담 보바리』를 읽을 때마다 1990년대 초였던 어느 화창한 가을날, 아니 봄날이었던가, 시골 풍경을 갈라놓은 한적한 국도를 지나치게 빠른 속도로 달려가던 불붙은 트럭과 운전자의 얼어붙은 얼굴을 떠올리게 될 것이다. 성산대교와 나의 거리는 19km라고 한다. 대략 그렇다는 말일 것이다. 나는 소수점 이하의 숫자들에 관심이 있다. 강변북로를 차로 달릴 때마다 나는 전날의 교통사고 사망자를 알리는 전광판을 유심히 보고는 했어, 대개 한두 명의 사망자가 있다고 했다. 대개 부상자가 사망자보다 많았지, 현재의 일이다. 자동차 사고로 죽을 확률은 십만 분의 일, 비행기 사고로 죽을 확률은 사백만 분의 일이라는 말을 들은 적이 있다. 그 후로 나는 운전을 할 때마다 이미 죽어버린 내 몸의 십만 분의 일을 생각했어, 비행기를 탈 때마다 이미 죽어버린 내 몸의 사백만 분의 일을 생각했다. 십만 분의 일씩 십만 번 죽으면 나의 죽음이 완전해지겠지, 그렇게 생각했다. 새벽이면 가끔 텅 빈 도로를 달리고 싶어졌어, 그렇게 몇 번이고 십만 분의 일씩 더 했다. 엉터리 산수였다. 바람이 거칠게 불어대는 영종대교에서 나는 죽음을 생각하지 않았어, 오직 통제가 어려워질 때까지 가속하고 또 가속하는 일에만 몰두했다. 완벽한 철이 나를 바람으로부터 보호하고 있었다. 그제야 나는 운전하는 여자들이 나오는 소설에 끌렸던 이유를 정확히 이해하게 되었고 어느 날, 집으로 돌아가고 있었다. 오늘처럼, 오늘과 마찬가지로, 십여 분쯤 서해안고속도로를 달리다 일직-금천 구간에 접어들었다. 오늘처럼, 오늘과 마찬가지로. 화창한 날이었어, 적어도 비가 오지는 않았으므로 일직-금천 구간에 들어서자마자 속도를 줄여야 했던 나는 도로변으로 밀려난 사물들을 볼 수 있었다. 목장갑 한 짝, 유리 파편들, 검정 비닐봉지, 부러진 목발, 등산화 한 짝, 운동화 끈, 종이컵 한 묶음, 운전대, 운전대를 볼 때마다 이유 없이 steering 과 steel이라는 단어가 떠올랐다. 그리고 steering과 steel 을 입속으로 발음해보고는 했어, 그리고 steering steel, steering still, stirring still. 앞의 단어들은 지워야 할 거야, 하지만 지우지 않을 것이다. 이미 지웠기 때문이 아니라 지우더라도 다시 쓸 것이기 때문이다. 무용한 단어들이 떠오르고 사라지지만 이런 이유로 한동안 아무것도 쓰지 않았던 것은 아니다. 무용한 단어들이라도 붙들었어야 했어, 이미 늦었다는 생각에 시달리기 전에, 하지만 이미 늦었다. 이미 시달리고 있다. 지금이 봄인지 가을인지 모르겠어, 여름과 겨울은 확실히 구분할 수 있다. 하나는 지나치게 덥고 다른 하나는 지나치게 춥기 때문이다. 성산대교까지 18km가 남아 있다고 한다. 성산대교까지 13km가 남아 있다는 표지판이 나타나면 나는 모르는 사이 왼쪽 도로변을 보게 될 것이다. 죽어 누워 썩어 문드러지고 있던 비둘기의 죽음과 누움과 썩음과 문드러짐이 있던 자리를 보게 될 것이다. 죽음. 누움. 썩음. 문드러짐. 나는 운전석에 몸을 파묻고 차창을 내린다. 매연이 들이친다. 매연은 내게 향수를 불러일으킨다. 공터가 있었어, 열아홉 살 미만의 아이들이 생각해낼 수 있는 온갖 폭력적인 일들이 벌어지던 장소였다. 나는 그곳을 잘 피해 다녔어, 나는 그곳으로 가지 않아도 되었고 실제로 무엇도 목격한 적이 없다. 하지만 소문들이 있었지, 연상하는 것만으로도 알 수 없는 통증을 느끼게 하는 소문들이었다. 매연이 온 도시를 뒤덮고 있었으므로 당연히 공터에도 매캐한 냄새가 감돌았어, 배기가스만이 아니었다. 아마도 각목 따위를 태우고 남은 냄새도 떠돌고 있었을 것이다. 옆 학교에서 누군가 못 박힌 각목으로 목덜미를 맞았다는 소문이 있었다. 어쩌면 누군가 못 박힌 각목으로 다른 누군가의 목덜미를 가격했다는 소문이었을지도 모른다. 잘 기억나지 않는다. 패혈증이라는 단어를 처음 들었던 기억이 난다. 내

할머니는 패혈증으로 세상을 떠나셨지, 이에 대해서도 할 이야기가 있지만 지금은 아니다. 언젠가 우연히 그때의 공터 근처를 지나간 적이 있어, 하지만 공터는 없었다. 아파트 단지가 들어서 있었지, 더는 각목을 태우고 남은 매캐한 냄새는 없었지만 다른 종류의 매캐한 냄새가 떠돌고 있었고 고작 이삼 년 전에 심은 조경수들로는 냄새를 가릴 수 없었다. 성산대교까지 18km가 남았다는 표지판을 이제 막 지나쳤어, 그러니 성산대교까지는 18km에서 조금 모자란 거리가 남아 있을 것이다. 나는 항상 정확한 수를 알고 싶었어, 조금 모자란 거리가 정확히 얼마나 되는 거리인지 알고 싶었어, 너와 나 사이의 거리가 정확히 얼마나 되는지 알고 싶었어, 그러니까 내가 너의 죽음에 대해 써도 되는 것인지 나는 늘 알고 싶었다, 네가 죽기 전부터.

이야기는 언제나 압도적이지, 나를 압도하는 것은 이야기의 외설성이다. 나는 어째서 그토록 많은 사람이 이야기를 좋아하는지 이유를 알고 싶었어, 그러나 답을 구할 수는 없었다. 이야기를 하려면 재단부터 해야 해, 자르고 붙이고 다듬고 잇고 바늘땀을 보이지 않게 처리해야 해, 내가 늘 실패하는 종류의 일이고 사람들은 흔히

이 일이 솜씨와 관련이 있다고 말한다. 언젠가 브론테 자매에 관한 다큐멘터리를 본 적이 있다. 제인 브론테는 벨기에로 유학을 간 적이 있다. 제인 브론테는 거기서 에제라는 사람을 사랑했다. 영국으로 돌아온 제인 브론테는 에제에게 편지를 보냈다. 다큐멘터리 진행자가 해당 편지를 보여주었다. 편지에 바늘땀들이 있었다. 마치 종이를 움켜쥔 것처럼 보이는 바늘땀들이었다. 연구자는 아마도 에제가 찢어버린 편지를 그의 부인이 바느질로 이어 붙였으리라고 했다. 이야기를 꿰어 맞추기 위해서. 이야기를 잇다. 이야기를 꿰어 맞추다. 이야기를 하다. 선명히 드러난 바늘땀들을 보면서 나는 결국 아무리 이야기를 증오하고 저주하더라도 결국은 이야기로 돌아갈 수밖에 없다고 생각한다. 하지만 이미 늦었어, 더 이상 늦을 수 없을 정도로 늦었어, 너는 이미 죽었고 내게는 너의 죽음 이후만이 있을 뿐이다. 무시무시한 문장들, 온갖 단어들을 덕지덕지 붙여 너를 설명하고 싶었다. 하지만 존재하는 언어의 총량은 그 사건을 초과하지 못했어, 그러니까 배열이, 배치가, 언어의 경제적인 운용이 중요한 거라고 했다. 나는 이런 말들을 제대로 이해한 적이 한 번도 없었고 다만 죽음에 관해서라면 끝없이 이야기를 할 수 있을 뿐이야, 그러니 다시 시작하기로 한다. (쓰지 마라) 나는 개다. 그러니 개 이야기를 다시 시작하기로 한다. 여름이었다. 개는 왼쪽 뒷다리를 못 쓰게 되어 수술을 받았고 그 후유증으로 죽었다. 그러나 그것이 사인일까? 정확한 사인…이라는 것이, 어떻게 형성될 수 있는 개념일까? 나와 가족은 죽은 개를 묻으러 갔다. 정확히 말하자면 죽은 개를 화장하고 그 재를 묻으러 갔다. 나는 동생의 차를 타고 대전으로 갔다. 정확히 말하자면 나는 동생의 차를 타고 대전의 한 동물 병원으로 갔다. 부모가 죽은 개를 안고 망연히 앉아 있었다. 개 화장장이 공주에 있다고 했다. 공주에서 사람이 차를 가져왔다. 동생이 죽은 개를 안고 뒷좌석에 앉았다. 그날이 월요일이었는지 금요일이었는지는 기억나지 않는다. 주말은 아니었다. 죽은 개의 삼각형 귀는 여전히 뾰족하게 솟아 있었고 얼굴과 턱밑의 흰색, 정수리에서 등으로 이어지는 부분의 오렌지색 털은 여전히 풍성했다. 죽은 개는 눈을 뜨고 있었다. 동생이 죽은 개의 눈을 감기려고 몇 번인가 시도했다. 운전석에서 어떻게 알았는지는 모르겠지만 운전대를 잡고 있던 죽은 개를 화장하는 사람이 개는 죽어서도 눈을 감지 않는다고 했다. 죽은 개의 두 눈이 여전히 까맣게 빛나고 있었으므로 나는 개가 죽었다는 사실을 믿을 수 없었다. 여름이었다. 죽은 개가 동생의 무릎 위에서 부패하고 있었다. 나는 부패의 속도를 보고 싶지 않았다. 도로는 한산했고 창밖으로 아무 의미도 없는 한적한 풍경이 지나가고 있었다. 개가 부패하고 있었다. 나는 개를 영원히 기억하고 싶었다. 나는 개의 모든 부분과 또 그 부분들에 이름을 붙이고 싶었고 그 모든 이름을 영원히 기억하고 싶었다. 나는 개가 묘사와 서사의 폭력적이고 불명료한 세계로 넘어가게 하고 싶지 않았다. 그러나 내가 미처 이름들을 붙이기 전에 개가 부패하고 있었다. 나는 개에게서 눈을 떼지 않았다. 차가 화장장에 도착했다. 개를 화장하는 사람이 연두색 철망 출입문에 걸린 자물쇠를 풀었다. 백구 두 마리가 꼬리를 흔들며 뛰어 나왔다. 나는 다른 개들에게 신경을 쓸 여유가 없었지만 그 와중에도 개를 화장하는 곳에서 개들을 길러서는 안 된다고 생각했다. 나와 가족과 죽은 개가 안으로 인도되었다. 개를 화장하는 사람이 장례 절차를 설명하는 동안 장례 비용을 무이자 할부로 계산하라는 카드사 광고판이 눈에 들어왔다. 동생이 수의를 고르는 동안 개를 화장하는 사람은 아버지에게 이 일을 시작한 지 얼마 되지 않았으며 한때는 정주영의 수행 비서로 판문점에 다녀온 적이 있다고 했다. 전형적이었다. 듣고 싶지 않았으나 어쩔 수 없이 들어야 했다. 개가 다 타기까지는 한시간이 걸린다고 했다. 나는 담배를 피우려고 건물 밖으로 나왔다. 백구 두 마리가 교미하고 있었다. 그중 한마리와, 어쩌면 두 마리 모두와 눈이 마주쳤을 것이다. 백구 한 마리가 사납게 짖었다. 죽은 개가 타고 있었다. 부패가 종료되기 전에 타고 있었다. 백구 한 마리가 사납게 짖으며 내게 달려들었다. 나는 손을 내밀었다. 개를 쓰다듬기 위해서였다. 그러나 백구는 짖음을 종료하고 내 손 대신 오른쪽 종아리 뒤쪽을 세게 물었다. 아직도 흉터가 남아 있으므로 왼쪽이 아니라 오른쪽 종아리였음이 분명하다. 통증이 느껴졌다. 나는 백구를 떨쳐내고 건물 안으로 다시 들어갔다. 죽은 개가 타고 있었다. 다 타려면 삼십 분쯤 남았다고 했다. 나는 소파에 앉아 켜져 있던 텔레비전 화면을 바라보았다. 그러다 문득개에 물렸다는 생각이 났다. 개에 물린 것 같아, 내가 말했다. 약 발라, 누군가가 말했다. 나는 물린 곳을 확인했고 청바지가 찢어지지 않았다는 것도 확인했으나 물린 자리에 욱신거림이 있었다. 짖음. 욱신거림. 탐. 혹은 태움. 탐이라는 단어를 일상적으로 사용하는지는 모르겠다. 나는 화장실로 가서 바지를 벗고 물린 곳을 확인했다. 여덟 개의 이빨 자국에서 피가 비치고 있었다. 개를 화장하는 사람에게 그의 개에게 물렸다고 말하니 그는 믿지 않았다. 나는 그에게 상처를 보여줄 수 없어서 아쉬웠다. 그는 자신의 개들이 깨끗하다고 말했다. 광견병을 두려워하지 않아도 된다는 말이었다. 그가 소독약과 반창고를 가져다주었다. 나는 다시 화장실로 가서 바지를 벗고 상처에 소독약을 부었다. 거품이 약간 끓어올랐고 쓰라림이 있었다. 욱신거림. 쓰라림. 개의 탐이 거의 종료되고 있었다. 혹은 태움이. 나와 가족은 박엽지에 싸인 한 줌의 재를 받았다. 개의 슬개골과 개의 탈구와 개의 고통과 개의 아픔이 사라지고 없었다. 우리는 줄에 묶인 백구 두 마리가 지켜보는 가운데 개의 재를 나무 밑에 묻었다. 슬픔을 착취하는 작은 사업장에서 나의 가족은 개가 죽은 날 내가 개에게 물렸다는 사실을 별로 말하고 싶지 않은 것처럼 보였다. 그 후 우리는 공주의료원으로 갔다. 응급실에는 주취 폭력범들과 노인들이 있었다. 치료를 받으려면 바지를 완전히 벗어야 했으므로 나는 환자복을 샀다. 바지 하나에 만 오천 원이었다. 입고 돌아간 뒤 우편으로 돌려주면 만 오천 원을 돌려주겠다고 했다. 그러나 담당자는 이러한 절차에 익숙하지 않은 것처럼 보였다. 애초에 환자복을 사겠다는 사람이 많지 않을 것 같았다. 환자복 바지를 무릎까지 걷어 올리고 상처를 소독했다. 쓰리고 아팠다. 쓰림. 아픔. 그 후 파상풍 주사를 맞았다. 따끔했다. 따끔함. 아픔. 맞음. 동생은 반바지를 입고 있었다. 응급실 침대에서 내 상처를 확인하고는 자기가 물렸더라면 훨씬 큰 상처를 입었을 것이라고 말했다. 반바지. 입음. 상처. 입음. 개에게 물린 사람이 나서서 다행이라는 말로 들렸으나 개의치 않았다. 치료가 끝나고 나와 가족은 개 없이 칼국수를 먹으러 갔다. 근처에 잘하는 식당이 있다고 했다. 칼국수를 먹으러 가는 차 안에서 개가 죽은 날 개에 물린 일이 한 편의 소설감이라고 말했는데 그 사람이 나였는지 다른 누구였는지는 기억에 없다.

그렇게 어떤 하루는 한 편의 소설감이 된다. 개가 죽은 날 개에게 물리는 일은 평생 한 번 정도 겪는 유형의 사건으로 보인다. 몇 년쯤 지나면 개의 슬개골과 개의 탈구와 개의 오렌지색 털과 개의 표정과 개의 짖음과 개의 웃음을 포함해 아직까지 적절한 이름이 주어지지 않았으므로 적절히 표현할 수 없는 개의 온갖 특성들은 희미해질 것이고 오로지 개가 죽은 날 개에게 물렸다는 기억만 정확하지 않은 문장으로 남을 것이며 심지어는 정확히 어떤 개가 죽고 정확히 어떤 개에게 물렸는지도 기억나지 않을지도 모른다. 개와 함께했던 모든 시간이, 그러니까 모든 분절된 시간들이 시간이라는 불명료한 명사로 표현될 것이며 이는 이미 일어나고 있는 일인지도 모른다. 이미 희미해지고 있어, 내게는 시간이 없다. 동생의 차를 타고 서울로 돌아오는 길에 나는 무심코 차창을 내리고 담배를 꺼냈다. 동생은 제지하지 않았다. 담배에 불을 붙이고 앞을 바라보았다. 늦은 시각이었으므로 검고도 환한 도로는 한산했다. 죽은 것들도 보이지 않았다. 잔해도 보이지 않았다. 동생에게 내가 운전하겠다고 하자 보험 때문에 그럴 수 없다는 답이 돌아왔다. 차에 재떨이가 없었으므로 나는 죄책감을 가공하며 다 피운 담배를 차창 밖으로 내던졌다. 그리고 곧바로 뒤를 돌아보았으나 불씨는 이미 보이지 않았다. 도로가 지나치게 검었거나 불씨가 지나치게 작아서였다. 보임. 보이지 않음. 도로. 지나침. 검음. 불씨. 지나침. 작음. 가끔 내게 통사가 사라지고 있다는 생각이 든다. 점진적으로 명사만 남게 될지도 모른다는 생각이, 아직은 아니지만 언제고 그렇게 될 거라는 생각이. (쓰지 마라) 그래도 써야 해, 처음부터 계속해서 다시 쓰게 되더라도 써야 해. (쓰지 마라) 네게 가장 적확한, 너를 초과하지도 네게 모자라지도 너를 경제적으로 배신하지도 않는 명사를 찾아야 한다. 네가 가진 모든 특성의 총합이면서도 그것들을 이어 붙일 바늘땀이 보이지 않는, 그런 명사를 찾아야 한다. 명사. 찾음. 보임. 보이지 않음. 않음. 성산대교까지 17km가 남아 있다. (쓰지 마라)

성산대교까지 15km가 남아 있다고 한다. 표지판이 그렇게 알리고 있다. 15km를 꾸역꾸역 이동하기 전에, 너의 죽음을 소설감으로 만들어낼 수 있을까. 한 편의 소설. 두 편의 소설. 백 편의 소설. 나는 너의 죽음에 대해 아는 바가 없어, 죽기 전의 표정도 보지 못했다. 이제 그만둘까, 이제 반복을 그만둘까, 내게는 시간이 없다고 했지만 실은 시간은 아주 많았다. 왜 과거형으로 쓰고 있지, 아니다. 내게는 시간이 아주 많다. 나는 끝없이 같은 말을 반복할 수 있어, 나는 끝없이 같은 말을 반복해서 지껄일 수 있다. 나는 끝없이 같은 말을 반복해서 짖을 수 있다. 왜냐하면 생각이 앞으로 나아가지 않기 때문이야, 너는 죽었고 네 의도는 아니었겠지만 너는 내게 풀 수 없는 수수께끼를 남겼다. 도저히. 나로서는. 풒. 풒. 풒. 풀 수 없음. 그래서. 그래서 나는 계속해서 우회로를 선택하고 있지, 이를테면 비둘기의 죽음. 음. 하지만 믿을 수 없는 일이지, 나는 비둘기의 죽음이라면 이렇게 써도, 써버려도 괜찮을 거라고 생각했던 거야. 왜 과거형으로 쓰고 있지, 아니다. 나는 비둘기의 죽음이라면 이렇게 써도, 써버려도 괜찮을 거라고 생각한다. 개의 죽음이라면. 아니다. 예컨대, 예컨대 개의 죽음이라면, 나는 사랑했으나 나를 사랑하지 않았을 개의 죽음에 대해서라면. 아니다. 어떻게 풀어낼 것인가, 성산대교까지 15km보다 덜 남았을 것이다. 나는 백여 미터 가량 꾸역꾸역 이동했을 것이다. 그리고 백 미터의 시간 동안 나는 너의 죽음을 어떻게 하면 쓸 수 있을지 생각했어, 그리고 너의 죽음을 어떻게 쓸 수 있을지, 어떻게 써야 할지 생각하는 것에 대해 쓰고 있다. 아니다. 아직 쓰지 않았어, (쓰지 마라) 쓰지 마라. 이제는 괄호도 소용이 없다. 쓰지 마라. 하지만 다시 시작해야 해, 검은 도로

위의 흰 선들이 온통 바늘땀으로 보인다. 나는 그것들을 지우고 싶다고 생각한다. 저걸 지우고 싶어, 모든 바늘 땀이 지워진 검은 도로 위에라면 뭔가 쓸 수 있을지도 모르겠어, 검은 도로 위에 검은 글자들을 숨길 수 있다면 뭔가 쓸 수 있을지도 모른다. 아니다. 성산대교까지 14km. 언제 900m를 달렸는지 알 수 없는 일이다. 어쩌면 정체가 풀리고 있는지도 모른다. 아니다. 전방에 붉은 미등을 밝힌 차들이 늘어서 있다. 그러다 아주 천천히, 시속 4km로, 인간의 속도로 움직인다. 움직임. 생각. 움직임. 생각. 움직임. 정지. 그리고 나는 인간의 속도로 짖기 시작한다. 거리가 줄어들고 있다. 나는 너와 칼을 동시에 생각하며 눈을 감는다. 일 초. 아마도. 눈을 뜨면 말 그대로 눈앞에 온갖 숫자들이 흐트러져 나뒹굴고 있다. 아무 의미도 없는 수. 적어도 내게는 아무런 의미도 지니지 못하는 수. 수들. 숫자들. 나는 개다. 나는 언젠가 PRIVATE PARKING이라고 적힌 표지판을 PRIVATE BARKING으로 잘못 읽은 적이 있다. 그럴 리가 없다고 생각하면서도 나는 한참 동안 표지판을 들여다보았다. 잘못 읽은 게 아니었어, 쓸 수 없다면 짖어야 한다. 시간은 여전히 정체 중이다.

처음부터 다시 짖어야 한다.

*

위의 문장을 쓰고, 가만, 문장이라니, 문장이 아니다.
처음부터 다시 짖어야 한다. 처음부터 다시 짖어야 한다
고 말하고 나는 처음부터 다시 짖지 않았다. 다시 말장
난을 하고 있군, 그만두고 싶은 짓이다. 상당한 시간이
흘렀다. 대략 2년에서 3년 사이의 시간이 흘렀을 것이
다. 그 시간 동안 나는 처음부터 다시 짖는 대신 전혀 짖
지 않았다. 아무것도 쓰지 않았다. 실은 거짓말이다. 나
는 쓰고 지우고 쓰고 지웠다. 쓰고 지우고 쓰고 지우는
동안 나는 처음부터 다시 짖어야 한다고 생각하고 있었
다. 머리를 풀어헤친 시간들이 지나갔고 나는 마침내 책
상 앞에 허리를 세우고 앉아 이 원고를 불러냈다. 다시
상당한 시간이 흘렀다. 처음부터 다시 짖어야 한다는 문
장, 과연 문장일까, 아무튼 이 문장을 노려보는 동안 일
주일 정도의 시간이 어영부영 흘러갔다. 시작을 했으니
끝을 내야겠지, 처음부터 다시 시작해야겠지, 나는 그간
쓰고 지우고 쓰고 지운 것들을 생각했다. 이제는 정말이

지, 다시 시작해야 할 때다. 그래서 나는 금요일 밤의 서
부간선도로로 돌아간다.

*

성산대교까지 13km가 남아 있다. 표지판이 그렇게
알리고 있다. 나는 무심코 고개를 돌려 왼쪽 도로변을
본다. 그러자 잊으려고 했던 기억이 되살아난다. 비둘기
는, 비둘기의 사체는, 한때 비둘기였던 것은 사라지고
없다. 비둘기의 죽음을 덮었던 모래도, 모래들도 모두
사라지고 없거나 보이지 않거나 내가 보지 않으려고 한
다. 모래알이 너무 작기 때문이거나 내가 그렇다고 변명
하기 때문이다. 나는 무심코 모래알의 숫자를 모두 세고
싶다고, 모두 셌어야 한다고 생각하면서 전방으로 고개
를 돌린다. 한때 비둘기의 특성이었던 것들이 어디로 사
라진 것인지, 어째서 죽고 난 다음에야, 죽음으로 더는
존재하지 않게 된 온갖 특성들을 궁금해하게 되는 것인
지 생각했다. 나는 너를 모른다. 나는 너를 한 번도 알았
던 적이 없다. 네가 보여준 어떤 표정들, 간간이 나누었
던 대화들, 전해진 이야기들로 너를 막연하게 추측하고

있었을 뿐이다. 하지만 너는 내게 전화를 걸어왔어, 네가 죽기 며칠 전이었다. 너는 내게 생일을 축하한다고 했어, 지금 생각하니 믿을 수가 없다. 그러니 처음부터 다시 짖어야 한다. 나는 꽉 막힌 서부간선도로 한복판에 있다. 보통은 나를 안전하게 지켜주지만 불시에, 곤죽이 되게 할 수 있을지도 모를 강철로 만들어진 차에 탄 채로. 운전석에 앉아 있는 채로. 서울 방면 표지판을 멍하니 바라보며. 해가 질 무렵이면 더 좋을 것이다. 해가 질 무렵이다. 해가 지고 있다. 내게 익숙한 시간과 장소. 해가 질 무렵이면 항상 불안해졌던 기억이 나, 손끝에 경련이 일어나고, 발이 굳어 움직이지 않고, 사물들의 윤곽이 흐려지다 마침내 어둠에 무력하게 포획되어 완전히 사라지기 직전의 순간이면 나는 불안했다. 이 증상은 열 살 무렵부터 열다섯 살 즈음까지 지속되다 사라졌고 오 년이면 누군가에게 충분히 발견될 수 있을 정도로 긴 시간이었음에도 불구하고 부모를 포함해 아무도 눈치채지 못했다. 이름이라도 알았더라면 좋았을 텐데, 그러면 납득했을 것이다. 나는 불안이라는 단어를 뒤늦게 알았고 그보다도 늦게 공황에 대해 배웠다. 좀 더 일찍 알았더라면 좋았을 텐데, 그랬더라면 동생과 공유하

던 방의 창문에서 뛰어내릴지 말지를 생각하는 시간들
이 없었을 것이다. 낯선 동네로 가서 아파트 옥상에 올
라가 뛰어내릴지 말지를 생각하는 시간들이 없었을 것
이다. 내가 생각하는 사이 내가 알거나 알지 못하는 사
람들이 뛰어내렸다. 어떤 자살은 보도되지 않았고 나는
중학교 운동장에서 차가운 비를 맞으며 그 애의 사진을
바라보지 않은 적이 있었다. 우리는 발끝만 내려다보고
있었을 뿐이다. 우리라는 단어는 나를 다시 『마담 보바
리』로 데려간다. 샤를 보바리가 전학 첫날 교실에 들어
섰을 때, 우리는 그를 관찰한다. 샤를 보바리가 지니고
있던, 실제 세계에서는 구현이 불가능할 이상한 모자보
다도 내게는 우리의 존재가 더욱 신비로웠다. 우리는 누
구인가? 샤를 보바리가 모자를 떨어뜨리고, 선생에게서
나는 어리석은 자다라는 문장을 라틴어로 백 번 쓰라는
과제를 받고, 예상보다는 무탈하게 학업을 마치고, 파리
로 가서 의학 수련에 매진하는 동안, 우리는 책 속에서
서서히 사라져 사백 페이지에 달하는 소설이 끝날 때까
지 다시는 등장하지 않는다. 나는 『마담 보바리』에 관한
논문과 책들을 나름대로 여럿 찾아보았고, 가끔 우리에
대해 언급하는 대목들을 찾을 수 있었다. 혹자는 우리가

시민을 가리킨다고 평했다. 나는 고개를 끄덕이면서도 완전히 동의하지는 않았다. 우리는 누구인가, 운동장에서 차가운 비를 맞으며 죽은 아이의 얼굴을 차마 바라보지 못하는 우리 안에서 나는 양가적인 감정을 느꼈다. 죽고 싶던 건 나였어, 나는 네 죽음이 슬프지 않다. 하지만 슬펐고 말할 수 없이 슬펐다. 우리는 서로를 잘 알지 못했다. 조금 더 알았더라면 좋았을 것이다. 불안이나 공황, 혹은 이와 이웃한 범주 안에 포함될 단어들을 일찍부터 알았더라면 좋았을 것이다. 그러면 우리는 생각하지 않아도 괜찮았을 거야, 혹은 생각을 나중으로 미룰 수 있었을지도 모른다. 언젠가 나는 어느 계단에 떨어져 있던 작고 부드러운 분홍색 타원형 물체를 사탕이라고 생각했고 집에서 입에 넣었지만 그건 비누 조각이었다. 나는 어리석은 자다. 재빨리 다시 뱉었지만 이미 입에서 거품이 비어져 나오고 있었다. 일곱 살이었을 것이다. 텔레비전 화면에서 나와 동갑이라는 아이가 굴렁쇠를 굴리고 있었고 나는 비누와 사탕을 구분하지 못하는 멍청이라는 이유로 뺨을 맞았다. 차라리 계단에 떨어진 사탕을 주워서 입에 넣으면 안 된다는 이유였다면 좋았을 것이다. 일곱 살 아이의 뺨 면적은 얻어맞기에 충분히 넓지 않았을 것이다. 그때 우리가 있었더라면 좋았을 것이다. 하지만 우리는 누구이며, 그 전에, 어디에 있었는가. 그 후에, 성년이 되고 난 이후에, 그러니까 스물이나 스물한 살 무렵에 나는 입에 넣으면 안 되는 것을 억지로 집어넣은 적이 있다. 이제 와 해당 제품 겉면에 적힌 설명을 보면 주성분은 퓨시드산나트륨이며 성상은 무색의 반투명한 연고제라고 한다. 저장 방법은 기밀용기, 실온(1~30°) 보관이라고 하지만 정작 중요한 용법과 용량, 사용상 주의 사항이 첨부 문서 참조라 적혀 있기 때문이었는지 나는 그것을 그대로 입안에 짜 넣었는데 그나마 다행인 점은 내가 용기까지 삼키지는 않았다는 것이다. 그렇게 할 수밖에 없었던, 더 좋은 방법을 찾을 수 없었던 이유가 있지만 여기서는 쓰지 않겠어, 다만 내가 살해 협박을 받고 있었고 그것이 나를 향한 것인지 협박을 말하는 본인을 향한 것인지 알 수 없었다는 점만 적어두기로 한다. 그 후로 이십 년에 조금 못 미치는 시간이 지났지만 나는 여전히 일 년에 몇 번쯤 누군가가 염산 병을 들고 쫓아오는데… 손끝에 경련이 일고 두 발이 움직이지 않는… 꿈에서 깨어나야만 한다. 쓰지 마라. 어떤 사람들은 꿈 이야기로 소설을 시작하고 끝맺어서는 안 된다고 했다. 나도 어느 정도 동의한다. 딱히 이유가 있는 건 아니다. 하지만 아직도 소설이 시작되지 않고 있으므로 다시 한번 비둘기나 개 혹은 도로변에 흩뿌려진 자동차 잔해들로 돌아가기 전에 꿈 이야기를 써야 할지도 모른다. 아무리 잔혹한 꿈들조차도 불쾌하고 서늘한 감각의 잔상만을 남길 뿐 대체적으로 무해하기 때문이다. (쓰지 마라) 간밤에 나는 여섯 가지 꿈을 꾸었고 그중 하나만 기억에 남아 있다. 나는 시청역 2호선 승강장에서 1호선 승강장으로 연결되는 붉은 벽돌로 마감된 통로를 지나고 있었고 곧 계단을 올라야 했다. 익숙한 경로였고 게다가 꿈이었으므로 굳이 전철을 갈아타야 할 표면적인 이유도 붉은색 벽돌 벽이 묘하게 굽어 있는 명확한 까닭도 알지 못했다. 계단이 가까워 오자 올라가고 내려오는 사람들이 보였고 그들의 신체는 모두 기이하게 줄어들어 있거나 늘어나 있었다. 엿가락처럼 늘어난 사람들도 있었고 그들은 간신히 한 발짝씩 떼며 아주 느린 속도로 계단을 올라가고 있었다. 이유는 알 수 없지만 그 계단에는 중력이 곱절로 작용되어 올라가거나 내려가고자 하는 사람들을 잡아끌고 있었던 것이다. 꿈은 그 계단을 중력 계단으로 명명했고 나는 끌려가듯 계단 쪽으로 향했다. 한 걸음 내딛을수록 발이 무거워졌고 몸이 단 하나의 원자로 축소되려는 듯 신체의 내부 알 수 없는 한 지점으로 응축되려는 것 같았다. 앞으로 나아가야 해, 여기서 중력에 구속될 수는 없다. 나는 생각했고 또 생각했지만 꿈이어서 그랬는지 생각과 몸은 둘 다 앞으로 나아가지 않았다. 당연하게도 시간과 공간에 대한 감각조차 사라졌고 다른 사람들의 모습도 점차 눈에 들어오지 않았다. 계단을 다 오른 사람도 내려온 사람도 없는 것처럼 보였으나 시력조차 중력에 속박되었으므로 더는 아무것도 보지 않아도 좋았다. 그 후로 꿈이 어떤 장면들을 내주었는지는 기억나지 않는다. 울면서 깨어났다고 생각했지만 그대로 누운 채 눈가를 훑어보니 물기는 없었다. 나는 시청역과 주로 퓨시드산나트륨으로 구성된 무색의 반투명한 연고제를 억지로 연결시킬 수도 있다. 딱히 억지가 아닐 수도 있는 것이, 시청역과 홍대입구역 모두 2호선 전철역이기 때문이다. 그날 나는 누군가에게서 살해 위협 혹은 자살 협박을 받고 있었고 지나가던 사람들은 나와 누군가를 피해 멀찍이 돌아가거나 흘긋 쳐다보고는 걸음을 재촉했다. 나는 그들의 얼굴을 하나하나 모두 기억하고

있지만 살해 위협 혹은 자살 협박의 말을 늘어놓던 상
대방의 얼굴은 기억하지 못한다. 무색 반투명한 연고제
를 입안에 짜 넣었기 때문이며 무미를 기대했으나 미각
이 고통스러울 정도로 열심히 활동했기 때문이다. 나와
누군가를 한데 묶어 우리라고 부르지 않으려면 어떤 대
명사가 필요한가? 나는 자문하지만 답을 얻지 못해 그
저 그의 얼굴을 기억하지 못하고 이름을 주지 않는 것
으로 다시 한번 복수를 감행한다. 나는 그가 죽었을 것
이라고 생각하는 경향이 있고 실제로도 죽었기를 바라
지만 여전히 몇 년에 한 번씩 그가 염산병을 들고 맹렬
히 나를 추격하는 꿈을 꾸어야만 하는데 간밤의 꿈에
그는 나타나지 않았지만 중력으로 구성된 유색의 불투
명한 계단은 마치 어떤 무덤 같았다. 무덤으로 들어가기
전에 나는 처음을 시작해야 한다. 처음부터 다시 짖어야
한다. 이미 시작했고 다시 시작했지만 처음부터 다시 짖
기 시작해야 한다. 나는 짖음을 종료한 적이 없다. 잠결
에도 언제나 짖고 있었다. 성산대교까지 11km가 남아
있다고 한다. 그래도 앞으로 나아가기는 하는구나, 그런
데 앞이라니? 나는 이대로 방향을 틀 수도 있었다. 왜 과
거형으로 말하는가? 나는 이대로 방향을 틀어 안녕 방

향으로, 중부고속도로로, 없는 유골함으로, 개가 된 재로, 재가 된 재로, 온갖 사라진 것들을 향해, 스스로도 사라져갈 수도 있었다. 그런데 왜 과거형으로 말하고 있는가? 현재가 직진하고 있다. 붉은 미등들에 눈이 부시다. 처음부터 다시 짓어야 한다.

개와 개

나는 죽음에 대해서라면 끝없이 이야기를 할 수 있었다. 온갖 죽음의 사례를 보았기 때문이다. 하지만 다른 이들보다 유별나게 죽음을 보아오지는 않았다. 다들 비슷하게 죽음을 보며, 죽음과 함께 살 것이다. 내게는 덜 잊은 죽음이 있었다. 아직 잊지 못한 죽음이 있었다. 개가 죽었다. 개가 죽고 오 년이 지났다. 오 년은 어떤 죽음을 완전히 잊기에 충분하지 않은 시간이어서 나는 가끔 죽은 개를 생각했다. 개는 십 년을 살고 죽었다. 충분히 살았다기에 십 년은 충분하지 않은 시간이어서 나는 슬펐다. 오 년은 슬픔이 가시기에 충분하지 않은 시간이었다. 개의 이름을 여기서 말하지는 않겠다. 죽은 개를 특정하는 고유명사를 견딜 수 없기 때문이다. 개는 개였다. 개는 내게 세상에 존재하는 모든 개의 총합이었다. 그러므로 개는 개다. 나는 죽은 개를 사랑했다. 내가 기르던 개는 아니었다. 내가 개를 알고 사랑하게 된 계기는 이러했다. 십오 년 전 동생이 어디선가 개를 얻어왔다고 했다. 개의 나이는 5개월이었다. 내 핸드폰으로 전송된 사진 속 개의 모습은 사랑스러웠다. 나는 화면을 쓰다듬었다. 나는 실제 개를 쓰다듬고 싶었다. 당시 나는 할머니와 살고 있었다. 여름방학을 맞은 동생이 나와 할머니가 살던 집으로 개를 데려왔다. 지나치게 활발했던 개는 할머니의 양말 끝을 물고 당기며 장난을 쳤다. 할머니의 발보다 클까 말까한 개였다. 할머니의 양말이 벗겨지고 맨발이 드러났다. 할머니는 웃었다. 개가 힘이 세다며 우리는 웃었다. 며칠이 지나 동생은 개를 데리고 돌아갔다. 나는 가끔 개의 소식을 들을 수 있었다. 개는 잘 크고 있다고 했다. 이미 몇몇 개들을 사랑했던 나로서는 새로운 개를 또다시 사랑할 수 없을 것 같았다. 나는 개에게 어떤 감정도 갖지 않기로 했다. 불가능한 일이었다. 동생이 가끔씩 보내오는 사진 속 개는 여전히 사랑스러웠다. 늘 웃는 표정이었다. 언젠가 나는 다른 개에게서 웃는 표정을 본 적이 있었다. 그때 나는 그 개가 웃고 있다고 믿었다. 내 생각에 의하면 개도 웃을 수 있었다. 사진 속 개는 늘 웃고 있었다. 믿기지 않는 일이었다. 나의 가족과 관련된 개가 늘 웃을 수 있다니, 정말이지 믿기지 않는 일이었다. 개는 단 한 번도 폭력을 겪어보지 않은 얼굴을 하고 있었다. 그것이 믿을 수 없어서 오랫동안 개의 사진을 들여다보고는 했다. 그러니까십 년 동안 들여다보았다는 말이다. 나는 부드럽게 돌아가는 음량 조절 버튼을 좋아해왔다. 계단식으로 음량을 높이거나 줄이는 건 좋아하지 않았다. 본가에 갈 때면 개를 만지지 않으려고 노력했다. 어쩌다 개의 머리를 쓰다듬게 되더라도 얼른 손을 뗐다. 그럼에도 개는 내 주위를 어정거렸다. 본 적이 많지 않았으면서도 나를 지나치게 반겼다. 내가 침대 위로 올려주지 않으면 개는 바닥에 엎드려 나를 올려다보다 잠들고는 했다. 나는 어릴때 쓰던 침대에 누워 개를 곁눈질하며 같은 노래를 반복해서 들었다. 옛날과 같은 노래였다. 나는 십이 년 동안 한집에서 살았다. 내가 대학 입학시험을 치른 뒤 부모가 이사를 결정했다. 결과적으로 지금 부모가 사는 그집에서 나는 고작 두 달을 살았다. 그러므로 지금 부모가 사는 그 집에서 나는 폭력을 겪은 적이 없었다. 그건 개도 마찬가지였다. 개는 어디서도 폭력을 겪은 적이 없었다. 개는 깨진 유리를 본 적이 없었다. 깨진 유리잔들은 모두 치워지고 없었다. 하지만 치울 수 없고 버릴 수 없는 것들이 있었다. 나는 나를 치울 수 없었고 나를 버릴 수 없었다. 그래서 죽고 싶었고 영원히 나를 버리고 싶었다. 나는 개에게 아무런 감정도 갖지 않기를 바랐지만 부질없는 바람이었다. 고백하자면 나는 개를 처음 본 순간부터 사랑했다. 나는 개를 사랑했다. 개도 나를 사랑했는지는 알 수 없지만 개의 언어가 나의 언어와 다르다는 것 정도는 알 수 있었고 그러나 그 전에, 개에게도 언어가 있는지는 알 수 없었다. 나는 개와 떨어져 살았고 개를 데리고 산책 나온 사람들을 볼 때마다 그들을 질투했고 개를 생각했다. 나는 계단식으로 조절하는 음량 조절 버튼을 좋아하지 않았고 개는 계단을 좋아하지 않았다. 계단 앞에서 개는 그저 앉아서 누군가가 안아주기를 기다린다고 했다. 나는 개를 지속적으로 보고 싶었고 이는 별로 가능하지 않았다. 일단 부모가 개를 너무나 사랑했다. 가끔 부모가 여행을 가면 내가 개를 맡아 돌볼 수 있었다. 나이 든 사람들이 기르는 개는 쉽게 살찐다는 말을 들은 적이 있었다. 개는 과체중이었

다. 개가 자꾸만 뒷다리로 귀를 긁기에 나는 개를 동물
병원에 데려갔다. 수의사는 귓병이 문제가 아니라고 했
다. 수의사가 개의 엑스레이 사진을 찍었다. 그리고 개
의 뒷다리뼈 모형을 보여주며 슬개골 탈구라는 단어를
말했다. 개는 앞으로 체중 조절 사료만 먹어야 한다고
도. 그날 개를 데리고 집으로 돌아오는 차 안에서 개는
내 무릎 위에 앉아 있었다. 적신호 앞에서 대기하며 오
후 다섯 시의 노란 햇빛과 뾰족하게 솟은 개의 삼각형
귀를 덮은 오렌지색 털을 나는 한참 동안 바라보았다.
나는 개를 집에 혼자 둘 수 없어 돌보는 기간 내내 작업
실로 데려갔다. 한 사람을 제외한 모든 작업실 구성원들
이 개를 좋아했다. 개는 높은 곳을 좋아해 늘 책상 위에
올라가 있겠다고 고집을 부렸다. 불편한 뒷다리 때문에
어기적거리면서도 개는 바지런히 돌아다녔다. 작업실
에서 나는 주로 책을 읽었다. 어지간해서는 쓰지 않았
다. 실은 책도 읽지 않았다. 늘 책을 읽고 있는 것처럼 보
였겠지만 중도에 그만두었다. 첫 부분만 읽었고 첫 부분
만 반복적으로 읽었다. 한 권의 책을 완독하지 않게 된
계기를 알 수 없었다. 실은 완독하지 않는 것이 아니라
못하는 것일 수도 있었다. 실은 그 둘을 어떻게 구분해

야 하는지도 알 수 없었다. 어쨌거나 나는 대부분의 책을 끝까지 읽지 않았다. 그러면서 아무것도 쓰지 않았다. 내가 건성으로 읽고 아무것도 쓰지 않는 동안 개는 내 발밑 근처에 앉아 있거나 책상 위에 길게 누워서 나를 보거나 잠을 잤다. 나는 개를 사랑했고 한 명을 제외한 작업실 구성원들도 모두 개를 사랑했지만 개가 나와 그들을 사랑했는지는 알 수 없었다. 나는 개를 접두사로 사용하는 부정적인 단어들을 전부 찾아볼 생각을 한 적이 있었지만 실행에 옮기지는 않았다. 예전에 할머니가 기르던 개가 있었다. 그 개는 내가 스물한 살이었을 때 죽었다. 개는 열 살이었다. 할머니는 자전거에 달린 바구니에 개를 태워 동네를 한 바퀴 돌고는 했다. 나는 그 개를 사랑하지 않았다. 왜였을까. 나는 그 개에게서 처음으로 개가 웃는 표정을 보았다. 나와 그 개가 더 어렸을 때, 나와 사촌 동생이 할머니의 반짇고리를 가지고 놀다 찾은 구슬 목걸이를 개에게 걸어주었을 때였다. 늘 침울해 있던 개가 웃으면서 뒷걸음질로 소파 밑으로 들어갔다. 개는 목걸이를 벗고 싶지 않은 것 같았다. 개는 목걸이를 건 채로 소파 밑 어둠 속에서 웃고 있었다. 내가 돌보는 동안 날마다 작업실로 데려갔던 개는 자고 있지 않을 때면 늘 웃는 표정이었다. 개, 내가 사랑했던 개. 개가 죽고 오 년이 지났을 때 나는 심리상담사를 찾아갔다. 개가 죽었기 때문이 아니라 몇 해 전부터 주기적으로 혹은 반복적으로 치미는 자살 충동 때문이었다. 나는 때로 자살하고 싶었는데 어떤 감정이 사로잡히거나 삶이 견딜 수 없어서가 아니라 단순히 자살한 뒤의 내가 궁금했는데 자살하면 자살한 뒤의 나를 알 수 없으므로 나로서는 해결할 수 없는 문제였지만 그래도 충동이 사라지지 않았고 하루에 한두 번씩 자살 사고를 겪고 있었으므로 그 이유를 알고 싶어서 심리상담사를 찾아갔다. 하지만 나는 그에게 자살하고 싶다는 말을 하지 않았다. 자살 충동을 다스리고 싶다거나 자살 사고가 드는 이유가 알고 싶다고도 하지 않았다. 오래전에 나는 미친 사람들의 언어 사용법이 알고 싶어서 정신분석 상담 사례집을 여러 권 읽은 적이 있었다. 그리고 어떤 사례에서 내가 사용하는 언어의 사후를 보았다. 어떤 환자들은 완전히 미쳐 있었고 그들은 일종의 선을 넘은 언어를 사용하고 있었는데 나는 그들과 같은 언어를 사용하려면 일단 미쳐야 한다는, 그러나 자발적으로 그럴 수 없다는 것을 깨달았다. 결국 나는 소위 정상적인 범주

내에서 용인되는 언어를 꾸준히 사용해왔고 사례집을 통해서는 결국 내담자가 상담자를 전적으로 신뢰해야 한다는 것이었다. 어째서 이런 결론에 도달했는지는 잘 기억나지 않았지만 나는 상담자를 전적으로 신뢰하겠다는 마음가짐으로 심리상담사를 찾아갔다. 하지만 내가 입을 열 때마다 그 말이 상대방에게 축어적으로 들리지 않으리라는 짐작에 결국에는 아무 말이나 하게 되었고 이유는 알 수 없지만 자살이나 자살과 관련된 단어들이 입 밖으로 나오지 않았고 울게 될 것 같아서 개이야기도 하지 못했고 이 상담에서 별다른 효과를 보지 못한다면 정신과를 찾아갈 생각이라는 말을 무심코 꺼냈다가 상담사가 불쑥 자신의 무의식을 드러내는 바람에 그를 완전히 신뢰하겠다는 마음의 자세도 얼마간 흐트러지고 말았다. 그렇게 두 번째 상담이 끝났고 그다음 주에 나는 호주에 갔다. 멜버른문학축제에 초청을 받아서였다. 나는 남반구의 개들을 상상했고 그래야만 했는데 내가 발표해야 할 주제가 개에 대한 사랑이었기 때문이었다. 나는 그래픽 노블 작가와 유머 작가와 함께 무대에 올라갔고 내 차례가 되어 「private barking」의 일부를 읽고 『안나 카레니나』에서 레빈과 함께 사냥을 나간 라스카가 갑자기 시점을 획득하는 장면을 인용하며 낭독을 마쳤다. *라스카는 레빈이 천천히 오고 있다고 생각했지만, 사실 그는 뛰고 있었다.* 오십여 명의 관객들이 의례적인 박수를 쳤다. 무대에서 내려오자 축제 기획자 중 한 사람이 다가와 나를 가볍게 안으며 말했다. 언제건 다시 와요. 나는 그 말을 기억하며 북반구로 돌아왔다. 다시 갈 수 있을까? 다시 올 수 있을까? 어디로? 어디서? 여름이었다 겨울이었다 다시 여름이었고 나는 세 번째로 상담사를 찾아갔다. 우리는 작은 테이블을 사이에 두고 장기나 바둑을 두고 있는 것이나 마찬가지였다. 내 직업을 안 상담사는 『개 같은 내 인생』을 읽어본 적 있느냐고 묻고 그렇지 않다고 대답하자 그 책을 읽고 그 후에 한 생각들을 종이에 적어 가져오라고 했다. 그가 어째서 그 책을 골랐는지는 알 수 없었다. 나는 다른 사람들의 소설을 읽을 때마다 실패한 기분이었고 실제로 그런 기분이 들지 않더라도 억지로 실패했다는 기분을 느끼려고 했다. 어떤 사람들의 소설을 읽으면 선점당한 기분이었고 기분이 나쁘지 않았다. 오히려 좋았는지도 몰랐다. 내가 생각했거나 썼거나 쓰려고 시도했던 것을 어떤 사람들의 소설에서 확인할 때마다 기분이 좋

앉고 앞으로의 실패에 완벽을 기할 수 있겠다는 착각에
빠졌다. 나는 세 번째 만남에서 상담사에게 이렇게 이야
기했다. 심리상담사 앞에서 개나 자살과 관련되지 않은
아무 말이나 하고 있으면 기분이 좋았고 적어도 거짓말
을 하지는 않으려고 노력했다. 하지만 그 앞에서 아무
말이나 할 때마다 바둑을 두면서 아무 수나 두는 기분
이었고 엉터리로 바둑돌을 내려놓으면서도 상대방의
다음 수를 예측해야만 하는 기분이었다. 그도 나와 같거
나 비슷한 기분을 느꼈는지, 내게 『개 같은 내 인생』을
읽어보라고 했을 때 기저에 다른 생각이 있었던 건 아
닌지 알고 싶었지만 묻지는 않았다. 내 이야기와 그 이
야기 사이에 어떤 연관이 있었을까? 나는 그가 최근에
읽은 책이 그것뿐이기 때문일지도 모르겠다고 의심했
고 다른 이들이 굳이 어떤 책을 권할 때는 그럴 만한 이
유가 있으므로 기회가 된다면 읽어봐야 한다고 생각하
는 편이었지만 도무지 그 책을 읽고 싶지는 않았다. 그
래서 늘 읽는 것보다 많은 책들을 사는 편이었지만 그
책을 사지 않았다. 어쩌면 고의로 잊어버렸던 것일지도
몰랐다. 개 같은 내 인생이라는 말을 들었을 때 어쩐지
그 내용을 전부 알아버린 것 같았고 그래서 별로 읽고

싶지 않았으며 어차피 읽기 시작하더라도 첫 부분만 읽고 더는 읽지 않을 것이 거의 분명했고 무엇보다도 제목 때문에 개를 생각하지 않을 수 없었고 그러면 심리상담사에게 어떤 말을 해야 할지 알 수 없었고 종이 위에 아무것도 쓸 수 없었다. 나는 도저히 그 책을 읽고 싶지 않았다. 오 년 전에 개가 죽었기 때문이었다. 나는 오년 동안 여전히 개를 사랑하고 있었고 『개 같은 내 인생』이라는 제목을 들었을 때 내가 사랑했던 개를 생각했고 죽은 개를 사랑하는 것이 어떻게 가능한지 궁금했고 그 사랑이 어떻게 종료되어야 하는지 알고 싶었다. 어쨌거나 나는 상담사에게 개 이야기를 하지 않았고 자살 이야기도 하지 않았으며 완독의 즐거움을 진작 포기했고 이제는 완고의 즐거움도 포기하고 싶다고 말하지 않았다. 애초에 즐거움이 있었는지도 모를 일이었다. 스스로 정확히 알지 못하는 상태에 대해 말하고 싶지 않았다. 그러므로 나는 상담사의 귀중한 한 시간을 몇 만원에 사면서 해야 할 말을 하지 않는 대신 되는 대로 지껄였다. 상담은 매월 셋째 주 금요일이었다. 하지만 9월에 접어들면서 매월 셋째 주 토요일 오후로 시간을 바꾸어야 했다. 내가 금요일 오후에 수업을 하게 되어서였다. 나는 매달 셋째 주 금요일 오후마다 화이트보드를 등지고 선 채 곤혹스러웠다. 다음날 비슷한 시각에 상담사와 마주하고 아무 말이나 지껄여야 했기 때문이었다. 아니, 꼭 그래서만이 아니었다. 금요일은 어떤 기억을 다시 불러냈다. 나는 가끔 혹은 자주 할 말을 잊어버리거나 적절히 끝맺지 못했고 그러면 한동안 침묵이 이어졌다. 고개를 숙이고 휴대폰만 들여다보거나 잠들거나 강의실을 나가는 학생들이 있었고 그러면 다시 한동안 침묵이 이어졌다. 반복적인 침묵이었다. 나는 대개 아무 말도 하고 싶지 않았고 그대로 입을 닫아버리고 싶었으나 입에 풀칠이라도 해야 한다는 표현처럼 무슨 말이든 해야 했다. 수업이 끝난 금요일 저녁마다 서부간선도로는 지옥처럼 막혔고 나는 다른 경로를 따라 아무 도로로나 가보는 버릇을 들였다. 그러다 어느 날인가 한강대교를 건너는데 남쪽에서 북쪽 방향으로 달리는 동안 다리 난간에 적인 문구가 눈에 들어왔다. 것이다. 되어줄. 반전이. 멋진. 훗날. 먼. 하나의 문장을 구성하는 요소들이 거꾸로 적혀 있었다. 완성된다. 드라마가. 이겨내야. 겪고. 갈등을. 힘든. 주인공이라도. 북쪽에서 남쪽으로 달릴 때가 궁금했다. 나는 오랫동안 다리를 건넜고 역시

오랫동안 유턴해서 북쪽에서 남쪽으로 한강대교를 건
너며 자살 방지용 문구를 읽었다. 누구나 한 번쯤은 포
기하고픈 순간들을 겪기 마련이잖아요. 스스로를 믿으
세요. 다리 중간에 택시 몇 대가 선 공간이 있었다. 해가
진 뒤였다. 나는 그곳에 차를 세웠다. 택시 기사들이 담
배를 피우며 사납고 무신경한 시선을 교환하고 있었다.
나는 차에 탄 채로 차창만 내리고 담배를 피웠다. 라디
오 음악 소리가 자동차 소음에 묻혔다. 나는 담배를 마
저 피우고 한강대교를 마저 건넌 뒤 다시 오랫동안 유
턴해 작업실로 갔다. 그날 밤 작업실에는 개가 없었다.
개가 죽었기 때문이었다. 나는 개가 접두사로 붙는 온갖
부정적인 단어들을 하나씩 생각해보다가 그만두었다.
작업실 동료들은 각자의 일에 몰두하고 있었다. 나는 읽
다 만 책들을 책장에 꽂다가 책상에 걸터앉아 그들을
한 사람씩 관찰했다. 우리는 서로 이해관계를 만들지 않
으려고 필사적으로 노력하고 있는 사이라고 나는 생각
하고 있었다. 우리는 서로의 과거에 대해 잘 알지 못했
고 오직 현재를 통해서만 서로를 판단했으며 미래에 대
해서는 막연하게라도 생각하지 않았다. 실은 아무것도
판단하고 싶지 않았을 것이다. 우리는 언젠가 뿔뿔이 흩

어지게 될까 봐 두려웠을 것이다. 그런 두려움을 알 만한 나이였다. 그러면 처음부터 다시 시작해야지, 나는 생각했다. 다시 시작하는 것이 유일한 규칙이지. 나는 생각했다. 그러다 누군가와 눈이 마주쳤다. 우리는 잠시 서로를 바라보았다. 낯설고도 그리운 눈빛이었다. 우리의 시선이 잠시 느슨해진 사이, 책상이 흔들렸고, 내 책상 가장자리에 놓여 있던 유리컵이 바닥으로 떨어졌다. 깨지지는 않았다. 그러나 우리는 술렁였다. 누군가가 핸드폰을 들여다보더니 방금 지진이 발생했다고 말했다. 책들이 책장에서 떨어질 정도는 아니라고 생각했지만 나는 유리컵을 집어 드는 대신 책장부터 살폈다. 그때까지 나는 간접적으로 재난을 겪었을 뿐이었고 책들은 벽돌과도 같아서 단단한 벽을 구성한다고 생각했었지만 책이 정말로 벽돌과 같거나 책들이 벽돌 벽처럼 견고하게 맞물려 있다 하더라도 그것 역시 무너지지는 않을 것이었다. 어떤 생각들은 이중의 부정을 필요로 했다. 책장은 멀쩡했고 적어도 그렇게 보였다. 그간 나를 포함한 우리는 이대로 죽었으면 좋겠다거나 이대로 죽어도 여한이 없으리라는 말을 많이도 했다. 우리는 여한이라는 단어를 구체적으로 체감하거나 이해한 적이 없음에도 불구하고 그 단어를 여러 번 사용했고 그러다 보니 어느 순간 여한이 각자의 이름인 것처럼, 그러니까 내가 나를 부르고 네가 나를 부르는 것처럼 생각되기도 했다. 우리는 아무도 여진을 느끼지 못했다. 유리컵이 치워졌고 나는 지진을 잊었다. 활짝 열린 창문 밖에서 서늘한 가을바람이 들어오고 있었다. 나는 문득 자전거가 타고 싶었고 각자의 일에 몰두하고 있는 친구들에게 한강변으로 자전거를 타러 가자고 말했다. 그들은 난데없이 튀어나온 자전거라는 단어를 듣고 어리둥절한 얼굴로 나를 바라보았으나 한 사람씩 망설임을 거두고 가을 날씨와 자전거가 어울리겠다고 말했다. 다시 누군가와 시선이 마주쳤다. 9월이었고 미량의 더위가 남아 있었으나 전반적으로 선선한 편이었다. 9월 셋째 주 금요일이었다. 우리는 서울시에서 운영하는 대여소에서 자전거를 한 대씩 빌려 구청 체육 센터 운동장으로 갔다. 그러고는 천천히 트랙을 돌기 시작했다. 걷기로, 경보로, 달리기로, 롤러블레이드로, 우리처럼 자전거로 트랙을 도는 사람들이 있었다. 그들의 표정과 실루엣이 점점이 늘어선 가로등 불빛에 언뜻 드러나기도 했다. 개를 데리고 산책하는 사람들이 있었고 그때마다 나는 개를 생각하거나 생각하지 않았다. 멀리서 농구공 튕기는 소리가 들려왔고 어쩌면 그 경쾌함 때문에, 어쩌면 풋살 경기장에서 들려오는 외침 때문에, 어쩌면 목줄을 맨 개에게 끌려가다시피 하는 어떤 사람 때문에 나는 자전거 경주가 하고 싶어졌다. 친구들은 멀거나 가까이 있었다. 나는 그들에게 자전거 시합을 하자고 외쳤다. 목표는 가장 느리게 타는 것이었다. 친구들은 의아해하면서도 재미있겠다며 웃었고 우리는 벤치를 기점으로 삼아 출발선에 섰다. 방향을 뒤로 돌리거나 페달에서 발을 떼지 않고 최대한 천천히 트랙을 한 바퀴 돌 것. 가장 느리게 출발선으로 들어오는 사람이 우승자가 될 것이었다. 우리는 나란히 섰다. 나는 이미 이 광경을 본 적이 있었다. 그렇다는 생각이 들었다. 그리고 그 순간, 앞으로도 이 광경을 보게 될 것이라고, 같은 광경을 보고 있다고 명료하게 착각하는 순간이 오리라는 것을 알았다. 나는 최대한 느리게, 더는 느릴 수 없는 속도로 천천히, 천천히 페달을 밟았다. 중력과 속도, 균형과 가속도, 현상 유지와 탈주. 나는 빠르게 뒤처졌다. 자전거를 느리게 타고 있어서였다. 앞에서 느리게 우왕좌왕하는 친구들을 바라보면서, 어째서 모든 이야기는 후일담인가, 어째서 나는

저들을 이미 회상하고 있는가, 현재적 회상이 어떻게 가
능한가 생각했지만, 더는 생각을 진전시키지 않았는데,
그것은 내일, 모레, 일주일 뒤, 두 달 뒤, 일 년 뒤, 십 년
뒤, 사십 년 뒤에 다시 그 순간을 회상하리라는 것을, 후
일담의 후일담을 기록하게 되리라는 것을 알았기 때문
이었다. 그리고 바로 그 순간, 뒤에서 빠르게 달려오던
자전거가 우리 중 누군가의 자전거를 들이받았고, 최선
을 다해 느리게 달리고 있던, 달린다는 동사를 사용하지
못할 정도로 느린 속도를 유지하고 있던 이가, 그러니까
나의 동료이자 친구인 그가, 그 애가, 세상에서 가장 느
린 속도로, 먼지처럼 가볍게 공중에서 떠올랐고, 역시
세상에서 가장 느린 속도로, 마치 정지 상태처럼 보일
정도로 느리게 더 느리게, 바닥으로 떨어져 뒹굴었다.
하지만 내 비명이 허공으로 흩어지는 속도가 느려서, 느
린 것보다 더 느려서, 내 걸음이 그에게로, 그 애에게로
달려가는 속도가 느리게 더 느리게, 한없이 느려졌고,
나는 꿈을 꾸고 있다고 생각했고, 꿈을 꾸는 동안 꿈을
꾸고 있다는 것을 자각하는 사람처럼, 이상해진다, 이상
해져, 생각하는 사이, 시간을 뛰어넘은 사람처럼 그에
게, 그 애에게, 걔에게 다가가고 있었고, 그의 얼굴을 확

인하는 짧은 순간, 내가 걔를 사랑하고 있다는 것을 깨
달았다.

개를 사랑하고 있다는 것을 깨달았다고 나는 여섯
번째 상담에서 불쑥 말했다. 토요일 오후였다. 상담사
가 묘한 표정을 지었다. 나는 그에게서 어떤 표정도 보
고 싶지 않았다. 그가 자신의 무의식을 부지불식간에 드
러내게 된다는 것이, 내가 그것을 감지할 수밖에 없다
는 것이 마음에 들지 않았다. 그날도 상담사에게 가면
서 지난번과 같은 노래를 들었다. 앞부분만 듣지는 않
았다. 처음부터 끝까지 들었다. 노래가 끝나면 같은 곡
을 처음부터 다시 재생했다. 그때 내가 듣던 노래의 길
이는 약 6분 22초였다. 노래를 다섯 번 듣고 오십 보를
걸으면 상담사가 있는 곳에 도착했다. 한번은 나보다 한
시간 먼저 왔을 내담자가 남아 있었고 나는 어쩔 수 없
이 그들의 대화를 토막토막 들었다. 의미가 파악될 정도
로 크게 들리지는 않았다. 나지막이 들려오는 목소리들
을 들으며 나는 그 애를 사랑하고 있다는 것을 깨달았
다는 말을 연습했다. 상담사를 앞에 두고 개와 자살이라
는 단어를 입에 올릴 수는 없었다. 내가 먼저 상담을 그

만둘 수도 없었다. 한 달에 한 번씩 돌아오는 상담 시간이 이미 내 안에서 반복되고 있었다. 나는 상담사 앞에서 같은 말을 반복했고 아마도 그는 내가 다른 말을 하기를 원했을 것이다. 내가 그 애를 사랑하고 있다는 것을 깨달았다고, 나는 같은 말을 반복했고, 마침내 여러 번 연습한 대로 이렇게 말했을 때, 상담사는 묘한 표정을 지으며『개 같은 내 인생』을 읽고 무언가 써왔느냐고 물었다. 나는 깜빡 잊었다는 표정을 억지로 꾸며냈지만 그가 내 표정에 속은 것처럼 보이지는 않았다. 그의 표정이 그렇게 말하고 있었다. 잠시 침묵이 이어졌다. 나는 담배를 피워 물었고 상담사는 내게 그 애가 어떤 사람이냐고 물었다. 그 애가 어떤 사람일까, 나는 생각에 잠겼고 그러는 동안에도 담배 끝이 타들어 가고 있었다. 마침내 담배가 거의 탔을 때, 나는 잘 모르겠다고 대답했다. 개, 그 애, 나는 그 애를 개라고 불렀고 개에게 직접 말을 걸 때는 개의 이름을 부르지 않았다. 자전거 느리게 타기 시합 이후 작업실로 돌아와서 나는 개를 바라보았고 한 문장도 쓰지 않았고 한 문장도 읽지 않았다. 나는 개를 바라보며 내 감정을 관찰했고 그러면서 차츰 개를 잊었을 것이었다. 나는 계단식보다 다이얼식

음량 조절 버튼을 좋아했다. 나는 더는 느릴 수 없는 속도로 천천히, 균일한 속도로, 지속적으로 개를 잊게 될 것이었다. 나는 더는 분절할 수 없는 단위로 시간의 흐름을 감각하고 계속해서 개를 잊고 계속해서 개를 사랑하게 될 것이라고 명료하게 인식하고 있었다. 자살 충동이 여전히 반복되고 있었지만 그 양상이 더는 주기적이지 않았다. 정확한 이유는 알 수 없었지만 주로 샤워할 때나 이를 닦을 때, 그러니까 몸에 물이 닿을 때 충동이 불거지고는 했다. 하지만 늘 그런 것은 아니었고 규칙적이지도 않았다. 나는 충동을 스스로 다스릴 수 있게 되었다고 생각했고 실은 생각이 아니라 착각이라는 것도 알고 있었지만 아무래도 좋았다. 계절이 가을에서 겨울로 이행하는 동안 나는 말을 잃어갔고 미친 사람들의 언어 사용법이 더는 궁금하지 않았는데 그들이 하는 말의 반대편 언저리에 침묵이 있을지도 모르겠다고 생각해서였다. 몇 해 전부터 하루에 한두 번씩 한두 시간 동안 자살을 생각하고 있을 때 아무것도 쓸 수 없었고 아무것도 읽을 수 없었으며 심지어는 걷거나 물건을 집을 수 없을 때가 많았다. 나는 무력한 신체를 통제할 수 없어서 무력했고 오직 강력한 충동이 무력한 신체를 집어삼키고 있었다. 하지만 이상하기도 하지, 나는 하루에 한두 번씩 한두 시간 동안 혹은 그 이상의 시간 동안 그 애를 생각했고 역시 아무것도 쓸 수 없었고 아무것도 읽을 수 없었으며 역시 걷거나 물건을 집을 수 없을 때가 많았고 식욕도 거의 느끼지 않았다. 신체가 예전처럼 무력하게 느껴졌다. 하지만 다른 무력함이었다. 아니, 동일하면서도 정반대인 무력함이었다. 나는 설명할 수 없는 무력함을 느끼며 어쩌면 하루 종일 그를, 그 애를, 개를 생각했다. 달이 바뀌고 계절이 지나가면서 공기가 차가워졌고 자전거 타러 가자는 사람은 아무도 없었다. 나는 개에게 너를 사랑하고 있다고 말하지 않았다. 다만 나는 개를 사랑하고 있었다. 나는 책상 앞에 앉아 아무 책이나 꺼내 읽는 시늉을 하거나 책들을 가나다순으로 다시 꽂거나 크기별로 재배치하면서 시간을 보냈다. 정도와 빈도가 줄어들었지만 여전히 자살 가능성이 남아 있었고 여전히 딱히 자살하고 싶지는 않았지만 여전히 자살한 뒤가 궁금했다. 사랑하던 개가 죽은 뒤에 나는 대상이 사라진 사랑을 어떻게 종료해야 할지 알 수 없었다. 내가 죽으면 두 개의 사랑을 쉽게 종료할 수 있을 것이었다. 하지만 나는 구체적으로 자살을 실행에 옮길 생각이 없었고 따라서 죽음은 늘 추상적이었다. 그리고 이제는 사랑 역시 구체적으로 실행에 옮겨지지 않을 것이며 언제까지고 차가운 추상으로만 남아 있으리라고 생각했다. 그래서 이토록 무력한 것인지도 몰랐다. 이제 죽음을 그만 생각할 때라고, 그만 반복할 때라고 생각하면서도 사랑을 이야기할 때라고는 생각하지 않았다. 그러는 와중에 멜버른문학축제 기획처에서 내가 읽었던 원고를 앤솔러지에 싣고 싶다고 연락해왔고 나는 원고 파일을 다시 열어보며 언제든 다시 와요, 라는 다정한 말을 떠올렸고 다시 갈 수 있을 확률과 간다면 비용과 다시 오라던 사람을 만날 수 있을 가능성에 대해 생각했다. 원고 중간에 개의 사전에 사랑이라는 단어가 있는가라는 질문이 있었고 나는 여전히 스스로 답하지 못하고 있었다. 나는 사랑의 과정보다 그 사후를 먼저 생각하고 있었고 시작과 종료 사이에서 갈피를 잡지 못하고도 있었다. 내가 자전거에서 떨어진 개를 향해 달려갔을 때 그는 신음을 내뱉으며 바닥에 쓰러져 있었다. 그 애는 트랙과 운동장을 구분하는 경계선 위에 쓰러져 있었는데 상반신은 트랙 쪽, 하반신은 운동장 쪽이었다. 나는 개의 어깨에 조심스레 손을 가져다 댔

고 그는 신음을 내뱉으며 눈을 떴다. 개를 데리고 산책
하던 사람들이 다가왔다. 불빛을 등지고 있었기에 그들
의 표정은 잘 보이지 않았어요. 그랬을 거예요. 그때 나
는 그들의 표정 따위는 살피지 않았겠지요. 나는 그 애
의 표정을 살폈어요. 그는 나를 바라보며 괜찮다고, 별
로 다치지 않았다고 말했어요. 개를 들이받은 사람도 자
전거와 함께 바닥에 쓰러져 있었어요. 개를 데리고 산책
하던 사람들 중 몇 명이 그 사람에게로 다가가 에워싸
고 있었지요. 그 사람도 괜찮다고, 별로 다치지 않았다
고 말하는 것 같았어요. 그 애는 팔을 주무르며 일어서
서 옷에 묻은 모래를 털어냈고요. 나는 불빛을 받아 희
미하게 빛나며 곧장 아래로 떨어지는 모래 알갱이들을
바라보았어요. 그렇게 긴 순간은 아니었지요. 그리고 다
시 개의 얼굴을 올려다보았고, 내가 그를 사랑하고 있다
는 것을 확신했어요. 하지만 그 애가 나를 사랑하고 있
다는 건 알 수 없었지요. 알 수 없으므로 확신할 수도 없
었지요. 그날 자전거 느리게 타기 시합에서 우승자는 가
려지지 않았어요. 저마다 각기 다른 이유로 자신이 우승
했다고 우겼지만 그뿐이었어요. 누군가가 내게 구태여
자전거 느리게 타기 시합을 하자고 했던 이유를 물었지

만 나는 대답할 수 없었어요. 그리고 무력한 신체를 억
지로 끌고 다니던 두 달 동안 천천히 제대로 된 대답을
생각해냈지요. 자전거 느리게 타기 시합을 하자고 했던
진짜 이유는 내가 그 애를 사랑하고 있다는 것을 깨닫
기 위해서였어요. 나는 그를, 그 애를, 걔를 사랑하고 있
었어요. 개와 걔를 혼동하기 시작했고요, 고의적인 혼동
이었지요. 그리고 어느 날들, 스물네 시간 동안 한 번도
자살을 생각하지 않은 날들이 있다는 것을 깨달았어요.
걔의 이름은⋯ 여기서 말씀드리지는 않을 거예요. 걔의
이름은 내가 지금까지 느슨하거나 나른하거나 강렬하
거나 무기력하게 경험해온 모든 사랑과 유사한 감정들
의 총합 혹은 그 이상이기 때문이지요. 걔를 사랑하게
된 계기가 궁금했어요. 전에도 어떤 사람들에게 사랑과
유사한 감정을 느낀 적이 있었지만 걔를 그들과는 다른
방식으로 사랑하고 있기 때문이지요. 개에 대한 사랑은
개⋯에 대한 사랑은⋯ 나는 사랑이라는 명사의 경계가
어디까지 확장될 수 있는지 궁금하고 그래서 일단은 이
사랑을 지켜보려고 하고 있어요. 아마 처음 본 순간부터
걔를 사랑하지는 않았을 거예요. 어느 순간부터 사랑했
을 거예요. 어느 순간 음악 소리가 높아져 있었을 거예

요. 지진이 발생하던 순간 책상 모서리에 놓여 있던 유리컵이 떨어지려던 찰나에도 음악 소리가 조금씩 높아지고 있었겠지요. 그러므로 내가 걔를 사랑하게 된 정확한 시점을 알지 못해요. 스물네 시간 동안 한 번도 자살을 생각하지 않았다는 것을 언제 깨달았는지 정확한 시점을 알지 못해요. 그러는 동안에도 그저 그를, 그 애를, 걔를 바라보고 있었지요. 모든 감각기관이 무력했지만 시선만은 늘 걔에게로 향해 있었어요. 나는 걔를 사랑한다고 생각하면서 사랑이라는 감정을 정확히 알고 싶었지만 이번에는 어떤 책을 읽어야 좋을지 알 수 없었어요. 여태껏 읽어온 책들은 대부분 사랑의 시작과 이후만을 이야기하고 있었지요. 상담사는 내가 입을 열기를 기다리고 있었다. 나는 걔가 어떤 사람인지 알지 못해 아무 말도 하지 못하고 있었다. 걔에 대해 말하려면 먼저 개에 대해 말해야 한다고 생각했지만 역시 아무 말도 나오지 않았다. 내가 말하지 않고 쓰지 않은 것들이, 그러니까 영원히 잠재적으로만 남아 있을 것들이 있었고 나는 이에 대해 말해야 했다. 내가 걔를 알고 사랑하게 된 계기는, 내가 말했다. 그리고 나는 입을 다물었다. 침묵이 이어졌다. 시계를 보지 않았으나 다음 내담자가 미리 와서 내 말을 토막토막 듣고 있을지도 모르겠다는 의심하면서 나는 말을 이었다. 내가 개를 알게 된 계기는 있으나 개가 누구인지 모르겠는 것과 마찬가지로 사랑하게 된 계기 역시 특정할 수 없지요. 그래서 나는 어째서 모든 이야기를 후일담으로 할 수밖에 없는지, 어째서 미리 회상하는지, 어째서 죽음 이후를 보고 싶은지, 어째서 지금 개를 사랑하고 있다는 것을 반복적으로, 그러니까 더는 분절할 수 없는 시간의 단위마다 깨닫고 싶은지에 대해 말하기 시작했다. 상담사가 조용히 듣고 있었다. 내 입이 멎었다. 다시 침묵이 이어졌다. 상담사가 입을 열었다. *미리 각본을 쓰려고 하지 마세요.* 우리는 서로를 마주 보았다. 상담사가 고개를 끄덕였다. 시간이 이동하고 있었다. 다음 내담자를 지나 좁은 계단을 올라 밖으로 나왔더니 겨울이 완연했다. 나는 강과 언덕과 들판과 그림자들을 지나 개에게로 가고 있었다. 그러는 동안 신체가 무력함을 잊었다. 잊은 뒤에는 더는 생각하지 않았다. 다시 보도를 걷고 횡단보도를 건너고 건물들 사이를 지나 계단을 올라가서 개에게 도착했다. 개가 나를 바라보았다. 자전거를 타러 가자고, 나는 개에게 말했다. 개가 고개를 끄덕였다.

유령 개

어느 날 그는 친구들의 생사가 궁금해 페이스북에 접속했다가 토론토 이동 봉사자를 급히 구한다는 게시물을 보게 되었다. 의미를 정확히 알 수는 없었지만 이동 봉사자라는 단어는 그에게 일종의 계시처럼 느껴졌다. 그는 몇 번의 검색으로 한국에서 입양처를 찾지 못한 개들—주로 종이 확실하지 않은 대형견들이었다—을 북미 지역으로 보내는 경우가 많다는 것을 알게 되었다. 검색하는 짧은 시간 동안 그는 죽은 개들을 하나씩 떠올렸다. 그의 품에서 죽은 개도, 병원에서 죽은 개도 있었다. 모두 그가 사랑했던 개들이었다. 개, 개. 그는 토론토며 밴쿠버, 로스앤젤레스와 뉴욕 등의 지명과 이동 봉사자를 결합한 검색어로 여러 블로그 포스트를 훑어보는 동안 여행을 가야겠다는 결심을 굳혔다. 공항을 빠져

나와 현지 입양 단체 담당자에게 인도된 개들은 긴장하
거나 행복하거나 아리송하거나 무심한 표정이었다. 그
는 흰색, 베이지색, 회색, 갈색, 검정색의 화면 속 큰 개
들을 자세히 살피며 해변을 달리거나 베이글 봉투 따
위를 입에 물고 보도 위를 총총 걷거나 떡갈나무 숲속
을 거니는 그들의 모습을 상상해보았다. 이층집 넓은
마당에서 황갈색 개가 나른하게 나비를 쫓고 있었다.
얼룩 개가 원반을 낚아채려고 허공으로 도약하기 직전
이었다.

　그가 사랑했던 개들은 모두 죽었다.

　그가 사랑했던 개들이 모두 죽었으므로 그는 개들에
대한 자신의 사랑을 어떻게 종결시켜야 할지 알 수 없
었다.

　그는 대학에 다닐 때 들었던 철학 교양 수업에서 이
런 질문을 접한 적이 있었다: 누군가 이렇게 말합니다.
나는 당신의 형을 사랑합니다. 그런데 당신에게는 형
이 없습니다. 어떻게 된 일이죠? 학생들은 웃음을 터뜨
렸고 그는 생각에 잠겼지만 항상 슬리퍼를 신은 맨발로
강의실에 들어서던 강사의 질문을 그 후로도 이십여 년
동안 간혹 떠올릴 때가 있을 거라고는 예상하지 못했다.

그는 곧장 개를 해외 입양처와 연결해준다는 단체에
전화를 걸었다. 담당자는 반색하며 항공편은 반드시 직
항일 것, 절차상 두 달가량 소요되므로 여유 있게 항공
권을 예약할 것, 필요한 수속은 본인들이 한다는 것을
알려주었다. 하와이에도 개를 보냅니까, 그가 물었고 담
당자는 미국 영토라도 하와이는 섬이라 어렵다고 말했
다. 개들은 주로 미국 동서부의 주요 도시로 가게 된다
고도 했다. 그런 말을 듣는 동안 그의 머릿속에는 미국
주 간 고속도로가 지나가는 광막한 풍경이 나타났다. 소
실점에서 개가 어른거렸다. 아니다. 개는 조수석에 타고
있었다. 개, 그가 사랑했던 개. 아니다. 개는 시속 80마
일—그의 머릿속에서 이미 미터가 마일로 환산되고 있
었다—로 달려가는 그의 차 옆에서 나란히 달리고 있었
다. 시속 80마일로. 개, 그가 사랑했던 개. 그러나 어떤
개도 닮지 않은 개. 개들. 그가 사랑했던 개들. 두 달 뒤
라면 7월이었다. 한국과 마찬가지로 미국도 여름일 것
이었다. 그는 누군가의 노쇠한 어머니가 해마다 여름철
이면 미국으로 떠난다는 얘기를 들은 적이 있었다. 그곳
의 여름은 한국과는 달리 습하지 않고 서늘해 고혈압이
나 심장이 좋지 않은 사람들이 안전하게 지낼 수 있다

고 했다. 그는 자신의 어머니가 매년 여름 미국에 갈 수 있는 삶을 살려면 그가 자신의 어머니를 매년 여름마다 미국에 보낼 수 있는 삶을 살아야 할 수밖에 없다고 생각했다. 아직까지 어머니의 혈압이나 심장에는 별문제가 없었다. 그는 그렇게 알았고, 그렇게 믿었다. 마지막 개가 죽던 날 그의 어머니는 혼절하다시피 울었다. 개를 화장하고 개의 재를 묻고 돌아설 때까지 그와 가족들은 말없이 울고만 있었다. 그는 눈물을 떨구며 생각했다: 어째서 이들은 모두 개를 사랑하/했는가? 그를 포함한 가족들은 서로에게 데면데면했고 만날 때마다 주로 개에 관한 대화만 했다.

그는 통화를 마치고 북미행 항공권을 검색했다. 7월 초 시애틀 왕복 항공권이 상대적으로 값이 쌌다. 그는 6개월 할부로 항공권을 구입하며 잠시 긴장했다. 그러고는 다시 단체에 전화를 걸어 시애틀행이 확정되었으니 수속을 시작해달라고 말했다. 담당자는 주로 진도 믹스종이 시애틀로 간다며 전화를 끊을 때까지 고맙다는 말을 반복했다. 그는 보이지 않는 상대방을 향해 연신 고개를 주억거렸다.

그는 두 달간 틈틈이 여행을 준비했다. 인천공항에서

한 번 처음으로, 시애틀공항에서 한 번 마지막으로 개
를 보게 될 예정이었다. 그는 자신에게 맡겨질 개의 모
습을 상상하지 않았다. 시애틀공항의 정식 명칭은 터코
마국제공항이었다. 세계에서 가장 분주한 공항 중 하나
라고 했다. 시애틀에는 보잉과 아마존 본사가 있으며 몇
해 전부터 부동산 가격이 폭등해 노숙자가 많아졌다고
했다. 호수가 많고 근교에 레이니어라는 이름의 산이 있
었다. 블로그 사진들 속 시애틀은 대개 평온해 보였다.
숙소가 비쌌다. 호수가 바라보이는 에어비앤비 숙소들
은 이미 예약이 차 있었다. 그는 호텔 예약 사이트들과
블로그 포스트들을 비교했다. 그중 어떤 방도 결정하지
못하는 동안 일이 많아졌다. 그는 시안을 넘겼고, 편집
자를 만났고, 교정지를 들여다보며 서체를 고민했고, 인
쇄 감리를 보러 갔다. 어느 날 아버지가 전화를 걸어왔
고, 개의 기일이라며 울었다. 그는 아직 보지 못한, 그러
나 이미 사랑하는 개를 떠올렸고 아버지에게 넌지시 의
사를 물었다. 한 마리 더 키우는 건 어때요. 그러자 아버
지가 대답했다. 네 엄마가 노인이 되었어. 나도 마찬가
지다. 가끔 하늘이 맑았고, 바람이 불었고, 녹음이 우거
졌고, 천변에는 자전거를 탄 사람들과 산책 나온 개들이

있었다. 그는 일주일간 시애틀과 그 근처를 둘러볼 생각
이었고 차를 빌릴까, 국내선을 타고 다른 도시로 가볼
까, 생각했다. 국내선이라니, 오래전 텍사스 주로 유학
을 간 친구가 송별회에서 한번 놀러 오라고, 한데 텍사
스의 크기가 남한의 여덟 배라고 말했던 기억이 났다.
호기심에 검색해보니 미국의 영토는 한국의 백 배였다.
그는 바다를 건너고 대륙을 횡단하는 개들을 상상했다.
상상 속에서 개들은 폭포를 뛰어넘고 산맥을 뛰어넘었
다. 그의 여행에 대한 이야기를 들은 사람들은 누구나
좋겠다고, 부럽다고, 잘 다녀오라고 말했다. 그런데 왜
갑자기? 미국에? 그는 개를 이동시키기 위해 간다는 말
을 하지 않았다. 한 번쯤 가보고 싶었다고, 여기저기서
하도 많이 듣게 되어 마치 직접 읽은 것 같은 기분이 드
는 책처럼, 미국도 가본 적 없지만 가본 것 같은 나라라
고, 오랜만에 긴 산책을 하고 남의 집 구경하듯 책 구경
을 하고 호숫가에서 크고 작은 요트들을 바라보며 졸고
싶다고 말했다. 그러면 사람들은 고개를 끄덕이며 총 조
심해,라거나 인종차별 조심해,라는 말을 잘 다녀오라는
인사 뒤에 덧붙였다.

　출국이 사흘 앞으로 다가왔을 때, 입양 단체에서 전

화가 왔다. 그러잖아도 그가 먼저 전화해 진행 상황을 물으려던 참이었다. 담당자는 안타깝고 미안한 목소리로 입양이 취소되었다고 말했다. 현지 담당자가 갑자기 휴가를 가게 되었다고 했다. 그는 대꾸할 말을 찾으며 무심코 뒤를 돌아보았다. 개가 있었다. 아니다. 개가 없었다. 그는 뒷발로 꾸준하고 집요하게 귀를 긁는 개를 본 것 같다고 생각했다. 저기요, 선생님? 담당자가 그를 불렀다. 그는 알겠다고, 사실 하나도 몰랐지만, 그저 알겠다고 대답했다.

그는 아홉 시간 반을 비행기에서 보내고 미국에 도착했다. 손님 여러분, 우리 비행기는 막 터코마국제공항에 도착했습니다. 현지 시각은 7월 2일 오전 열 시이며, 기온은 섭씨 22도입니다. 핸드폰을 켜자마자 외교부가 보낸 문자들이 들어왔다. 대개 주의하고 조심하라는 내용이었다. 입국 심사대에서 직원이 그에게 여행 목적을 물었다. 그는 없는 개를 생각하며 여행이 목적이라고 대답했다. 직원은 여권 사진과 그의 얼굴을 꼼꼼히 비교하며 직업을 물었다. 그는 대답했고 통과되었다. 아래층으로 내려가자 이미 수화물 벨트가 돌아가고 있었다. 그는 비슷비슷한 가방들 사이에서 없는 개를 찾았다. 옆에서 졸린 눈으로 초조하게 서 있던 사람들이 하나씩 가방을 찾아 사라졌고, 딱히 낯설지는 않지만 반쯤 알아들을 수 없는 말소리들이 가까워졌다 멀어졌고, 그러다 그의 가방이 나타났고, 그는 가방을 끌고 공항 건물 밖으로 나가 담배를 피울 만한 곳을 찾아 도착 층으로 내려갔다. 개가 있었다. 흰색과 검정색 털이 곱슬곱슬한 큰 개가 앞발을 들고 한 여자에게로 무너지고 있었다. 그는 오랫동안 그 모습을 지켜보았다. 개의 목줄을 쥔 이가 함박웃음을 지었다. 입술이 벌어지고 잇몸이 드러나고 눈가에 주름이 지던 순간들, 바람이 불어오고 여자의 머리카락과 개의 털이 흔들리고 개의 혀가 왼쪽으로, 그러니까 개의 왼쪽으로 슬쩍 처지던 순간들, 개의 꼬리가 열렬히 흔들리던 순간들을 그는 모두 기억하려고 노력했다. 하늘이 흐렸고 낡고 거대한 주차장이 시야를 가로막고 있었다. 그는 흡연 구역을 찾아내 피로한 여행객들과 승무원들, 청소노동자들 옆에서 담배를 피우며 유니폼 차림으로 담배를 피우는 승무원들을 처음 본다고 생각했다. 그 후 공항 2층 스타벅스에서 아메리카노 한 잔을 시켜두고 사람들을 구경하며 두 시간 동안 서늘한 여름 추위에 반팔 차림으로 맞서며 앉아 있었다. 그리고 오후

한 시가 되었을 때 시내로 들어가는 전차를 타러 갔다.

그가 사랑했던 개들이 모두 죽었다는 사실에는 변함이 없었다.

그가 죽은 개들을 여전히 사랑하고 있다는 사실에는 변함이 없었다.

그러나 그가 죽은 개들을 여전히 사랑하고 있다는 사실은, 사실이 아닐지도 몰랐다.

그는 전차에 타고 나서야 일주일간 머물 숙소를 예약하지 않았다는 사실을 깨달았다.

전차에서 무료 와이파이로 예약한 호텔은 시내 중심가에 있었다. 하룻밤만 지내고 차를 빌려 아무 데로나 가볼 생각이었다. 프런트 직원은 투숙객이 정말 단 한 명이냐고 두 번 질문했다. 그는 혼자라고 두 번 대답했다. 직원은 고개를 갸웃하며 그의 바퀴 달린 가방을 흘긋 바라보았다. 그는 왜요, 이 안에 사람이라도 들었을 것 같나요?라고 묻고 싶었지만 그러지 않았다. 방 안에는 싱글 침대가 두 개 있었고, 침대 옆 조그만 테이블 서랍에 성경이 들어 있었다. 핸드폰에 와이파이를 연결하자마자 친구로부터 카카오톡 메시지가 날아왔다. 잘 도착했어? 미국 서부에 지진이 났대. 조심해. 그는 답장을 보냈고, 가방을 열었다. 개가 있었다. 아니다. 개가 없었다. 그는 어쩌다 가방 안에서 잠드는 바람에 여행지에서 발견된 개나 고양이에 대한 기사를 본 적이 있었다. 그의 가방 안에서 잠들었다 깨어난 개는 없었다. 그는 텔레비전을 켰고, 잔뜩 인상을 쓴 미국 대통령을 보았고, 이어 북한 위원장을 보았다.

다음 날 오전에 그는 시내 중심가를 산책했다. CVS에 들어가 선반들을 구경하다 멜라토닌과 애드빌을 집었다. 그가 계산대 앞에 줄을 선 동안 직원들끼리 나누는 대화가 드문드문 들렸다. 하이킹을 가. 그게 여기 사람들이 주말마다 하는 거야. 그는 개와 산에 간 적이 있었고, 개를 산에 묻은 적이 있었다. 그의 아버지는 오래오래 땅을 팠다. 깊게 파야 산짐승들이 파헤치지 않는다고 했다. 그 개는 썩었을까, 그는 생각했다. 이십여 년 전이었다. 그의 아버지는 아직도 자동차 트렁크에 삽을 보관하고 있었다. 더는 죽을 개가 없었지만 그는 아버지가 삽을 버리지 않았다는 것을 같이 살지 않아도 알고 있었다. 공기가 맑고 날이 서늘했다. 그는 여전히 반팔 차림이었다. 그는 나중에 걸칠 만한 옷을 사야겠다고 생각하며 호텔로 돌아가 방을 정리하고 가방을 프런트에 맡겼다. 그리고는 구글 맵이 알려주는 대로 호텔 건너편 대로변에서 보잉 필드로 가는 버스를 기다렸다.

　버스는 한동안 출발하지 않았다. 그는 버스 중간쯤에 앉아 있었다. 맨 뒷좌석에 앉은 젊은이가 무슨 말인가를 중얼거리고 있었지만 의미를 알 수 없었다. 다른 승객들은 애써 그쪽을 보지 않는 것처럼 보였다. 십 분쯤 지났을 때 경찰 둘이 나타나 뒷좌석의 젊은이를 끌어내렸다. 젊은이는 저항 없이 버스 밖으로 액체처럼 흘러내렸다. 그리고는 맨바닥에 주저앉아 버스 안 승객들을 올려다보며 그저 자고 싶었을 뿐이라고 외쳤다. 그는 그쪽을 돌아보지 않았다.

　보잉 필드에서는 다종다양한 비행기들을 보았다. 그는 시애틀과 마찬가지로 다소 즉흥적으로 선택된 이곳에서 한가로이 걸었다. 세상에서 가장 작은 비행기와 베트남전쟁에서 사용된 전투 헬리콥터가 있었다. 프로펠러 비행기와 복엽기가 있었고 큰 마당에 전시된 여객기들 중에는 콩코드가 있었다. 그는 콩코드에 올랐다. 백발의 자원봉사자가 비행기의 역사에 대해 설명하기 시작했지만 그는 공손히 듣는 척만 했다. 그를 따라 올라온 장년의 커플이 탄성을 올렸고 그는 이번에는 초음

속으로 날아가는 개를 상상하지 않을 수 있었다. 오후
두 시가 되었고 그는 점심을 걸렀다는 것을 깨닫고 구
내 카페테리아에서 샌드위치와 물을 사서 테라스로 나
갔다. 때마침 바람이 불어 쟁반에서 냅킨이 모조리 날아
갔다. 할머니와 함께 옆 테이블에 앉아 있던 소년이 딱
하다는 표정으로 그에게 자기 몫의 냅킨을 건넸다. 그는
고맙다고 했다. 나도 우주비행사가 될 수 있을까? 물론
이지, 스템을 선택하면 돼. 애야, 네가 할 수 없는 건 아
무것도 없단다. 그는 스템이 무엇인지 모르는 채로 언젠
가 이런 질문을 받았던 것을 떠올렸다: 둘 중 하나만 선
택해야 한다면? 첫째, (지구에서) 외계인과 만난다. 둘
째, 우주를 (혼자) 떠돈다. 그는 망설이지 않고 후자를
선택했다. 이어 다음과 같은 질문을 받았다: 첫째, 암. 둘
째, 치매. 그는 망설이다 아무것도 선택하지 않았다. 샌
드위치에서 소스가 흘러내려 그는 냅킨으로 손과 입 주
변을 닦았다. 그러다 옆 테이블의 소년과 다시 눈이 마
주쳤다. 소년이 돌연 그에게 질문을 던졌다. 당신도 우
주 비행사인가요? 그는 갑작스러운 질문에 목이 막혔
다. 목구멍 안쪽에서 조그만 소동이 지나가는 동안 그
는 손을 흔들어 우주 비행사가 아님을 전달했다. 어쩌면

그 동작은 작별을 고하는 것처럼 보였을지도 몰랐다. 그가 마침내 제대로 말할 수 있게 되었을 때, 소년이 말했다. 나는 비행기가 좋아요. 소년의 할머니가 선글라스를 벗으며 미소를 지었다. 나도 그렇습니다, 나는 비행기를 좋아합니다. 그가 말했다. 소년이 활짝 웃었다. 그는 이 장면을 어디선가 본 것 같다고 생각했다.

죽은 개들은 여전히 죽어 있었다.

살아 있는 개들은 아직 살아 있었다.

그는 여전히 개/개들을 사랑하고 있었다.

그는 버스를 타고 시애틀 시내로 돌아갔다. 호텔에 들러 맡겼던 가방을 찾았다. 프런트 직원이 사무적인 어조로 잘 가라고, 좋은 하루 보내라고 말했다. 그는 고맙다고 대답하고 출입문으로 가서 한 손으로는 바퀴 달린 가방 손잡이를 잡고, 다른 손으로는 무거운 유리문을 밀었다. 그가 벌어지는 문틈으로 가방을 밀어내려고 할 때, 프런트 쪽에서 그를 부르는 것 같았다. 저기요, 손님? 그는 확신 없이 고개를 돌렸다. 개가 없었다. 당연하게도, 개가 없었다. 프런트에는 아무도 없었다. 그새 직원이 자리를 비운 것 같았다. 그는 잘못 들은 모양이라고 생각했고 얼굴이 달아올랐다. 그는 도로변에 서서 담배에 불을 붙이고 구글 맵으로 렌터카 업체를 검색했다. 시내 중심부에 업체 두 곳이 영업 중이었다. 그중 하나를 고르고 담배를 마저 피우기 위해 가방에 걸터앉았다. 해가 지고 있었다. 지진이 발생하지 않고 있었다. 담배가 타들어 가고 있었다. 어쩌다 하늘을 볼 때마다 비행기가 지나가고 있었다. 개와 함께 산책하는 사람들이 있었다. 황갈색 개와 목줄을 쥔 이가 그가 있는 쪽으로 다가오고 있었다. 그는 달리는 것처럼 걷는 큰 개를 바라보았다. 개가 가까워졌다. 개가 점점 더 가까워졌다. 개가 그의 옆을 지나갔다. 개의 옆에서 달리는 것처럼 걷던 이가 그에게 물었다. 안녕하세요? 그는 이것이 질문이 아님을 알았다.

한유주 작가가
펴낸 책들

• 소설집

『달로』, 문학과지성사, 2006.

『얼음의 책』, 문학과지성사, 2009.

『나의 왼손은 왕, 오른손은 왕의 필경사』, 문학과지성사, 2011.

『연대기』, 문학과지성사, 2019.

• 장편소설

『불가능한 동화』, 문학과지성사, 2013.

• 단편소설

『끓인 콩의 도시에서』, 미메시스, 2018.

숨
한유주 연작소설집

초판 1쇄 발행　2020년 11월 5일
초판 2쇄 발행　2021년 6월 17일
발행인　이인성
발행처　사단법인 문학실험실
등록일　2015년 5월 14일
등록번호　제300-2015-85호

주소　서울 종로구 혜화로 47 한려빌딩 302호
전화　02-765-9682
팩스　02-766-9682
전자우편　munhak@silhum.or.kr
홈페이지　www.silhum.or.kr

디자인　김은희
인쇄　아르텍

ⓒ한유주
ISBN 979-11-970854-2-0(03810)
값 10,000원